Nicolas Didier Barriac

Malakas…

Roman

« L'amour c'est l'infini mis à la portée des caniches. »

Louis-Ferdinand Céline

Préambule

J'aurais voulu cesser d'improviser.

Trop souvent, nous choisissons d'improviser en mentant aux gens lorsqu'ils nous demandent si nous allons bien. Un oui est tellement plus synthétique qu'une longue explication, tellement plus efficace qu'un sondage complet de notre ressenti à traduire précipitamment en mots, tellement plus pratique pour dévier la conversation vers des sujets qui nous exposent moins. Nous mentons sans cesse, chacun le sait. Mais, encore et toujours, nous poserons cette question aux personnes avec qui nous entamons une discussion comme si de la réponse dépendait la tournure de la suite. Et puis, qu'en sais-je, après tout, si je vais bien ?

J'aurais pu leur dire la vérité, faire grâce de l'illusion à mes deux amis dont les regards gagnaient en inquiétude à mesure que mon silence se prolongeait. Mais cela aurait été trop lourd. Leur dire que oui ça allait bien ne m'aurait pas tiré d'affaire ; pas cette fois. Leur fournir les explications attendues sans trahir la vérité m'aurait été impossible. Mon état d'esprit est généralement si nébuleux qu'il doit au préalable se laisser décoder. Heureusement, je possède un décodeur d'une efficacité redoutable.

Il s'agit d'un vieux modèle commercialisé en novembre 1970 par un Anglais, né en 1943 à Liverpool et mort cinquante-huit ans plus tard d'un cancer du poumon à Los Angeles. On retient rarement des informations aussi précises à propos d'un inventeur. Sauf que cet Anglais n'a pas mis au point une machine faite de diodes, de câbles et de touches mais une musique, une suite parfaitement agencée de notes qui, dès leur amplification dans les baffles de ma chaîne hifi, percent la barricade entre mon cœur et mon cerveau pour révéler mon humeur.

Le vinyle craque en commençant à parcourir le sillon noir sous la pression imperceptible du diamant. La partition s'anime. Des arpèges de guitare, échos amphigouriques frémissant depuis de résonnants arcanes, ont à peine le temps de dépeindre leur étrange mysticisme qu'une mélodie sautillante de piano se déploie. C'est à ce moment, après quelques secondes d'exquise indécision, que mon corps bascule, qu'il prend parti : soit il accompagne les frappes de caisse claire et il admet, dans une agitation parfaitement rythmée, sa bonne disposition, soit il me pousse à ressentir chacune des vibrations sonores comme un encouragement supplémentaire à la tristesse. Avant cet instant fatidique, je ne sais encore rien. Immédiatement après, mon ressenti se manifeste, incontestable.

« Ballad Of Sir Frankie Crisp (Let It Roll) » est le révélateur ultime. Par une attitude, par quelques mots ou un simple « oui », je peux tromper mes amis, ma famille, mes voisins, mes collègues, un vendeur dans une boutique, un passant dans la rue, n'importe qui. Je peux aller jusqu'à me tromper moi-même si le besoin s'exprime. Mais jamais je ne pourrai tromper George Harrison. Sa chanson est plus qu'un sérum de vérité, elle est l'omniscience absolue, la clairvoyance infaillible qui voit en moi en toute limpidité tandis que le disque continue à grésiller. Cette musique à double face, pouvant provoquer la joie la plus intense comme l'éplorement le plus désolé, ne possède aucun équivalent. Elle rassemble en trois minutes et quarante-huit secondes l'ensemble de la science et du savoir hérités par des millénaires de tradition musicale.

C'est toujours avec appréhension que je me mets à écouter « Ballad Of Sir Frankie Crisp (Let It Roll) », sachant d'avance que le temps de flottement, comme un prélude nécessaire au dévoilement, ne dure que quelques secondes. Parfois, j'en profite pour me représenter Sir Frank Crisp, un avocat du dix-neuvième siècle dont Harrison a racheté la majestueuse propriété peu après la séparation des Beatles. Les paroles sont pleines de références à cet homme excentrique, fait baron en 1913, passionné par les microscopes et l'architecture du paysage. Selon certaines sources, le guitariste percevait la présence du baron par le biais d'inscriptions et d'objets disséminés dans les quelque cent vingt pièces de son habitation nouvellement acquise. Il aurait même eu des conversations avec le fantôme de Crisp ce qui n'est pas dur à croire tant ce manoir victorien néo-gothique semble avoir été érigé pour accueillir des revenants. Peut-être est-ce cette âme en peine qui joue du tambourin sur cette ballade lui étant dédiée, le nom du musicien n'ayant jamais été précisé et demeurant un mystère pour tous les musicographes.

Ce jour-là, comme d'habitude, je positionne le bras de la platine précisément à l'endroit du début du titre, immergé dans une indémêlable incertitude, souhaitant que je me mette à dodeliner de la tête, à taper du pied, à remuer n'importe quel membre consentant et que, par l'intermédiaire de son morceau aux vertus si pénétrantes, George statue sur mon cas.

Je pressens que je vais regretter d'avoir sollicité son avis.

I

Christos prenait une grande fierté à respecter son rituel quotidien. Chaque matinée, moins d'un quart d'heure après son réveil, il savourait paisiblement trois cigarettes sur sa terrasse. Elles ne l'avaient jamais déçu car en les fumant, généralement, il trouvait comment occuper sa journée.

Longtemps, j'ai regretté cette femme. Regretté ces instants passés côte à côte avec celle qu'aujourd'hui j'ai dû me forcer à mépriser, celle qu'hier encore j'avais aimée, celle qui demain continuera certainement à hanter le fond latent de mes pensées. Cette obsession, si présente, est le fruit des circonstances, d'une fatale erreur de jugement voire d'un arbitrage manqué source de dommages qui, eux, ne m'ont pas raté.

Car elles étaient deux : la pin up excentrique et la bigleuse versatile. Pour une raison dépassant tout entendement, mon choix s'était porté sur la seconde sœur. Si sa myopie m'était apparue évidente lors de notre première rencontre – elle ne m'avait reconnu qu'une fois arrivée nez à nez avec moi – son égoïsme, lui, se cachait derrière des traits de caractère aussi aguicheurs que totalement factices. La soumettre à un test de personnalité m'aurait sans doute permis de détecter un esprit perturbé duquel il ne convenait de s'approcher qu'avec détachement. Malheureusement pour moi, je n'en connaissais aucun et, aussi réceptive à l'originalité que fut Lena, ce genre d'entrée en matière ne m'aurait certainement pas permis de la revoir...

Cette idée, rétrospectivement, me plaît. Énormément.

Pourtant, à l'époque, je mettais tout en œuvre pour m'immiscer dans sa vie. Lena a pris la tête de ma liste de priorités dès le jour où je l'ai comptée parmi mes connaissances virtuelles. Deux personnes aussi improbables ne pouvaient d'ailleurs se rencontrer ailleurs que sur Internet. Elle, ingrate, renfermée, malveillante et incurablement schizothyme. Moi, introverti, enfantin, pessimiste et désespérément creux. Le genre d'individus totalement translucides dans la vie réelle. Le genre d'individus ayant préféré se réfugier dans le travail ou les études, uniques domaines où nourrir leur orgueil et en tirer la satisfaction suffisante pour porter leur fardeau jusqu'au lendemain. Le genre d'individus ayant accueilli les réseaux sociaux comme le meilleur moyen de se créer un tempérament alternatif et leurrer un maximum de gens en s'imaginant, quelques heures par jour, tels qu'ils voudraient être. Le genre d'individus prenant leur vie pour un argumentaire de vente où la vérité est décelable mais jamais mise en avant. Cela demande peu d'efforts ; en tout cas moins que de corriger ses défauts. Et ça ne coûte rien. Pour une génération élevée au hard discount, la démarche, appréciable, s'imposait naturellement.

Je suis tombé sous le charme de Lena aussitôt après avoir découvert une photo d'elle dont la mise en scène en disait plus que ne l'aurait pu n'importe quelle description. Sa silhouette élancée dominait triomphalement un feu rouge écrasé par terre. Tout ce qui allait me plaire chez elle figurait déjà sur cette image. Un sens frivole de la dérision plus commun chez des adolescentes rondes que chez une jeune femme de vingt-trois ans aux formes célestes. Des origines bourgeoises trahies par le lieu, le huitième arrondissement de Paris, où l'image fut digitalisée. Un sourire resplendissant exprimant tant le ravissement d'avoir déniché une photo originale qu'une confiance intérieure inébranlable. S'il fallait s'aimer soi-même avant d'aimer les autres, Lena donnait la preuve tangible d'avoir accompli la première partie de cette mission.

Et des yeux ! Même occultés par une désavantageuse paire de lunettes teintées, ils perçaient à travers les verres épais et révélaient leur pureté séraphique. Des flocons de camomille avaient neigé dans son regard et se sublimaient à la chaleur d'un visage aux contours délicats. Une telle assurance permettrait de convaincre quelqu'un la trouvant ordinaire de son éclatante beauté.

Il fallait en revanche se montrer davantage auto-persuasif, ou davantage aveugle, pour passer outre la grossièreté d'un de ses attributs. Son nez. Proéminent et disgracieux, propice aux moqueries, il ne s'accordait guère avec ses airs supérieurs de Madone. Tous les traits les plus difformes, dispersés aléatoirement sur l'ensemble du corps chez la plupart des gens, s'étaient regroupés et avaient assurément prospéré lors d'une adolescence délicate. Je ne fréquentais pas encore Lena mais j'augurai déjà d'un sujet à éviter chez cette Cléopâtre rendue encore plus émouvante par ce brin de fragilité. Notre rapprochement sentirait le poison et les morsures de serpent.

Nos prises de contact furent très furtives et timides, comme révélatrices de nos véritables personnalités. À peine quelques compliments polis sur nos photos et des messages génériques comme nous en recevions des dizaines par jour, pour attirer avec appréhension l'attention. Malgré tout, chacun de notre côté, nous avions remarqué la singularité de l'autre. Pour la première fois, nous avions envie d'abattre cette barrière virtuelle pourtant délibérément érigée afin de maintenir le couvert de nos alter egos cybernétiques. Après des échanges de mails plaisants et de nombreuses discussions sincères aux teneurs variées, l'excitation d'une rencontre physique montait peu à peu. Lena et moi tombions d'accord sur tout et ses goûts se conciliaient merveilleusement, presque étrangement, avec les miens.

Elle votait à droite tout en ne s'intéressant pas à la politique. Le nom des Flaming Lips ne lui évoquait pas une maladie vaginale mais bien un groupe de rock, adepte de confettis. Elle pouvait aller de son plein gré au cinéma voir une comédie de Judd Apatow et conseiller à ses amies de faire de même. Le travail devait constituer le moteur de la vie : toute personne n'y répondant pas devant être soit handicapée (excuse passable) soit incapable (excuse rejetable). Elle fréquentait peu de monde car, au fil des années, elle avait su reconnaître sa propre compagnie comme la meilleure et ne voyait pas l'intérêt de banaliser sa présence auprès de vagues connaissances sur qui, de toute façon, « on ne pouvait pas compter ». Elle ne manquait aucune émission de seconde partie de soirée sur TF1 mais seulement pour railler les problèmes de voisinage arbitrés par Julien Courbet et ne pas avoir à supporter le spectacle de sa mère, chez qui elle habitait encore, en train de manger petitement devant elle. Elle regardait seule dans sa chambre un maximum de séries TV, uniquement en version originale sur Internet, de préférence avant leur diffusion en France, en streaming. « Je ne vais quand même pas payer pour la télévision américaine que tous les Américains reçoivent gratuitement ! Tu payerais pour regarder Julie Lescaut, toi ? » Elle avait toujours raison. Surtout quand elle savait qu'elle avait tort. Elle ne lisait qu'un livre par an : généralement le Goncourt ou le Pulitzer et s'arrêtait systématiquement au premier tiers, persuadée d'en savoir assez pour en parler si l'occasion se présentait. Elle croyait en un amour absolu. Voilà comment elle expliquait n'être jamais tombée amoureuse.

Bref, s'il existait une version féminine de moi quelque part sur Terre, mes recherches devaient commencer par le huitième arrondissement de Paris là où les feux rouges dégringolaient comme des mouches agonisantes.

Nous n'avions que l'embarras du choix pour notre premier rendez-vous tant nos centres d'intérêt convergeaient. Un cinéma, un concert, une ballade en rollers, un dîner ou une visite de musée furent tour à tour évoqués et respectivement postposé, reporté, repoussée, remis à plus tard et différée, souvent à plusieurs reprises et toujours à son initiative, le tout sur une période de trois mois. Dans l'intervalle, n'importe qui aurait déjà lâché l'affaire depuis bien longtemps, souhaitant éviter la proclamation de la non-réciprocité des sentiments ou un enlisement stérile à venir. Mais pas moi. Pire, cela m'enrageait davantage et je sentais brûler en moi un désir vivifiant. Je la croyais lorsqu'elle m'expliquait consacrer tous ses week-ends à ses projets d'études en architecture. Je l'en excusais même. Après tout, sa myopie n'était pas de naissance. Ce travail excessif me paraissait donc la meilleure explication du lent déclin de sa vision. Et de ce goût pour les lunettes à grosses montures qu'on ne voyait alors plus que sur de vieux clichés. Logique implacable.

D'une certaine façon, sa méticuleuse persistance dans son travail me fascinait malgré ma méconnaissance absolue de cette discipline. Je me contentais donc d'en apprendre plus sur Lena en lui écrivant de longs messages et en guettant ses réponses tel un enfant épiant la venue du Père Noël avec un bonheur à peine dissimulé par une anxiété fiévreuse. Je savourais chaque détail comme une révélation biblique et, en dépit de la frustration de ne pouvoir la voir, le temps passait assez vite jusqu'au moment où, enfin, au bout d'un long trimestre, nos emplois du temps ont réussi à se synchroniser. J'avais imaginé un délai plus court mais si les pronostics avaient compté parmi mes spécialités, j'aurais rencontré Lena accoudée au comptoir d'un bar PMU, pas sur Internet.

II

Il pensait retourner vivre à Athènes depuis qu'il restait seul à Patras. Il ne supportait plus la vue de tous ces touristes sur les plages de son enfance. Mais, bien plus ennuyeux, en éteignant sa troisième cigarette, il ne savait toujours pas comment occuper sa journée.

C'est l'année de mes vingt-cinq ans que je suis né. J'ai pris tout ce temps pour venir au monde car je pressentais la désillusion. Pendant tout mon premier quart de siècle, je me suis le plus souvent complu dans la solitude et n'ai ainsi jamais directement connu la perversion m'entourant. De toute manière, même l'être le plus communautaire doit se résoudre à passer toute son existence avec lui-même. L'avantage de l'assumer est de ne connaître la déception que par son propre intermédiaire. Les sources de déconvenues sont ainsi limitées et, pour peu que son degré d'égocentrisme soit suffisamment élevé, le niveau de contentement se maintient au beau fixe et permet ainsi de s'épanouir dans la solitude. En s'aiguillant sur le bon type d'études, de travail, de loisirs, en faisant des non-choix familiaux et en occultant les atrocités d'une actualité de plus en plus pesante, il paraît imaginable, bien que difficilement réalisable, de mourir imperméable à toute forme de roublardise ou de cruauté humaine.

Compte tenu de mes études commerciales, de mon premier emploi de chef de produits avorté au bout de quatre mois dans le domaine du luxe (troqué contre un poste de conseil stratégique dans un cabinet de taille réduite) et de mon affiliation intime au monde noctambule de la musique, il relève du miracle d'avoir tenu vingt-cinq ans en flottaison quasi totale dans ma bulle personnelle. Quelques aventures sulfureuses, généralement de passage et aussitôt délaissées, n'avaient en rien atteint mon innocence béate. Pas même Laetitia, pourtant arrivée dans ma vie avec l'acharnement démoniaque de me soustraire à mes penchants sauvages. Tout ce qui m'a empêché de continuer à traverser la vie motivé par la détermination inaltérable de Richard Ashcroft dans le clip de « Bitter Sweet Symphony », sur le son répétitif et éthéré du quatuor à cordes, est Lena. Elle constituait le seul courant assez fort pour faire chavirer mes certitudes d'ascète valeureux, de reclus aguerri, de célibataire accompli.

J'espérais provoquer le même effet sur sa personnalité bien ancrée elle aussi autour de principes individuels. Elle s'évanouissait régulièrement lors de concerts, non pas à cause de la chaleur ou du manque d'eau, mais en réaction allergique à la présence de gens dans son environnement immédiat. Nous avions vécu dans nos bulles chacun de notre côté et nous nous apprêtions à les faire rentrer en contact. Allaient-elles se repousser, fusionner ou éclater ? Elles n'interagissaient pas fréquemment et leurs réactions risquaient de nous surprendre. L'amour, plus que de la chimie, relève avant tout d'une compatibilité de bulles.

Tous les indicateurs préalables portaient à croire en notre union florissante et, comme pour mieux s'en assurer, Lena est venue à ma rencontre, au jardin des Tuileries, avec sa sœur comme une dernière barricade de protection avant d'enfin pouvoir se livrer pleinement. Cela ne m'avait qu'en partie étonné tant ces deux-là semblaient proches. Lena avait maintes fois évoqué sa sœur par automatisme au cours de nos discussions assez routinières. J'en savais davantage sur elle que sur certaines de mes propres accointances.

Alors qu'elles ne m'avaient pas encore vu et qu'elles se dirigeaient vers l'entrée du jardin d'où je les observais, je fixais Artémis. De six ans l'aînée, elle avait créé le moule à partir duquel Lena fut façonnée. Un moule plus spirituel que physique à en juger par leurs apparences dissemblables. Artémis répondait à des critères de beauté plus consensuels que sa petite sœur. Ses formes pulpeuses, même si on les supposait moins galbées qu'à l'aube de ses vingt ans, gardaient intact leur pouvoir de fascination. Au cours de sa vie, elle avait certainement croisé le chemin de centaines de photographes amateurs prêts à payer cher pour en faire l'égérie de leurs portfolios. Ses déceptions amoureuses étaient sans doute aussi nombreuses et expliqueraient pourquoi elle n'avait toujours pas décollé du nid matriarcal.

Son goût prononcé pour une mode extrêmement chic lui donnait des allures d'apprenti mannequin, seulement séparée des Kate Moss, Adriana Lima et autres Gisèle Bündchen par une poignée de kilos superflus auxquels elle s'était résignée. Sa démarche irrésistiblement sensuelle et sa poitrine rebondie, dont on devinait le généreux dessin à travers un chemisier blanc mettant en valeur son teint, rattrapaient cette légère déception. Parée de la triade gagnante mini-jupe/bas opaques/bottines, elle fendait une foule massive qui se retournait systématiquement sur son passage. Les femmes, jalouses, lui jetant des regards défiants. Les hommes, émoustillés, se régalant de cet extrait impromptu d'un défilé de mode. Et Lena se tenant, surclassée, à ses côtés, parfaitement consciente et coutumière du fait qu'elle n'avait pas provoqué cette agitation.

Elle croupissait dans l'ombre portée d'Artémis. Elle n'avait réussi à émuler que son odeur, en lui chipant les références de son parfum. Et depuis, elle se vaporisait avec deux pulvérisations quand sa sœur n'en consommait qu'une. Pourtant, Lena avait elle aussi des atouts à faire valoir dans un genre plus sage et ordinaire. Ses cheveux denses et vigoureux, plus ou moins frisés selon l'humidité, d'un brun oriental, s'émancipaient sur ses épaules frêles comme celles d'une fillette. Grande et mince, elle paraissait sportive et mettait dans chacun de ses pas toute l'énergie que son visage ne parvenait pas à extérioriser.

Elle avait des jambes finement musclées qui me firent immédiatement penser aux Danoises perchées sur leurs vélos à longueur d'année. Sa beauté était facile, un peu quelconque, mais, par son curieux mélange de vigueur et de fragilité, elle libérait un charme inopiné finalement non moins efficace que celui de sa sœur. Il fallait lui donner une chance, ce que peu de gens firent toutefois. Du coup, elle s'était habituée à vivoter dans un morne second plan et, depuis l'acceptation de cette condition, y prospérait tel un valet bienveillant se souciant principalement d'embellir le quotidien de son maître.

Au-delà de ce corps de rêve qui réveillerait de primitives pulsions sexuelles chez les plus autarciques et dévoués moines Chartreux, une grande bonté se dégageait de la personne d'Artémis. S'il le fallait, elle tendrait la main à un naufragé tout en lui redonnant, par un coup d'œil apaisant, de l'espoir en la vie. Ce naufragé, mis à l'abri et soudain pris de confiance, se mettrait rapidement à la séduire et elle trouverait alors sûrement un moyen distingué de le repousser, sans froisser sa personne tout en heurtant ses illusions sur les remparts de son cœur.

Je ne l'avais entrevue qu'un instant et déjà son élégance féminine éclipsait toute l'anticipation m'ayant conduit à attendre cette rencontre avec Lena. Artémis portait crânement son nom de déesse grecque avec cette aménité et cet atticisme de tous les instants, même lorsqu'elle semblait flotter au dessus de la masse juchée sur ses talons compensés à semelle rouge sang. Mais je me demandais si, comme la fille de Zeus dont elle partageait le prénom, elle possédait un double visage capable de cacher une rage intérieure par une douceur insoupçonnable. C'est alors que Lena me reconnut et perça le silence d'une voix peu assurée :

— Louis ?

Je me tournai vers elle, les paupières boursoufflées comme après un réveil en sursaut, avant de répondre, sans entrain :

— C'est toujours difficile les présentations ; mais oui, c'est bien moi. Lena, je suppose ?

— Je t'imaginais plus grand en vrai !

Elles éclatèrent alors de rire puis s'arrêtèrent net lorsqu'Artémis pointa du doigt un groupe de touristes américains obèses passant par là. Elles se mirent alors à rire lourdement puis à les singer en tournant grossièrement sur elles-mêmes, les jambes à moitié pliées, les joues gonflées et les bras en demi-cercle avant de pouffer plus fort encore. Artémis et Lena se résumaient à ça : une complicité sans pudeur assez compliquée à saisir au premier abord.

— Et moi, je t'imaginais plus seule en vrai !

— Ah oui, pardon, je te présente Artémis, ma sœur. Je lui ai dit de venir avec nous pour se changer les idées. Elle vient de perdre son boulot d'hôtesse de l'air.

Comme si l'évocation du travail d'Artémis avait déclenché une procédure codée, les deux comparses étirèrent horizontalement leurs bras et se mirent à mimer des avions en plein vol avec bruitages et simulations de turbulences. Elles se tordirent de rire. Soit j'étais tombé sur les co-présidentes de l'Amicale du Memo Mime, soit elles avaient fait le déplacement pour se payer ma tête. Dans les deux cas, la fuite était ma meilleure option et, alors que je sentais mon visage pâlir au moment de prendre mes responsabilités, Lena comprit qu'elles m'avaient mis mal à l'aise. Elle suggéra de traverser les Tuileries, fortement ensoleillées en ce dimanche hivernal, pour rejoindre un café dans la rue de l'Amiral de Coligny.

Artémis voulut prendre quelques photos et nous demanda de trouver des poses suggestives, si possible humoristiques, à côté des nombreuses statues jonchant les allées du jardin. Je souris en réalisant que sur l'une d'entre elles, Artémis jouait un combat avec Diane la chasseresse. Une photo parfaite pour une campagne de sensibilisation contre la schizophrénie ! J'examinais les sœurs Sørensen (leur père était d'origine danoise) et leur vitalité m'égayait. Peut-être m'étais-je trompé sur les bienfaits de la solitude... Elles ressemblaient à deux meilleures amies dont les attitudes effleuraient la folie. Mais, au bout de quelques minutes passées à leurs côtés, leur lien affectif exceptionnel se révélait et leur frénésie devenait bizarrement attirante. Par peur de renvoyer une mauvaise image, je faisais mine de les trouver naturelles. La plupart du temps elles semblaient ne pas savoir de quoi elles riaient, simplement reliées par une télépathie immédiate dictant à l'une de suivre l'autre. Elles auraient été sœurs siamoises si elles avaient été fécondées dans la même poche. Ca m'aurait arrangé. J'aurais pu tomber amoureux des deux.

En sortant du jardin, Artémis nous quitta à proximité de la station de métro Louvre Rivoli pour retrouver son copain rencontré, étrangement, lui aussi sur Internet quatre mois plus tôt. Cela devait être un grand brun dont la silhouette mystérieuse épousait trait pour trait celle du Marlboro Man. Son sourire élastique exhibait une dentition retapée à l'orthodontie et son corps une musculature amplifiée aux Nutrabolics. Son travail consistait à opérer sur les marchés monétaires et swaps. Du coup, sa conversation se bornait à définir la destination de leur prochain week-end à l'étranger tout en réservant un dîner pour le soir même chez son ami d'enfance, chef de cuisine de L'Astrance.

Tandis que Lena et moi bavardions sur la drôle de sensation de se voir en chair et en os après des mois de parlotes informatiques, nous arrivions au café. J'ai pris la banquette après lui avoir présenté la chaise en face de moi. J'ai commandé un Earl Grey et elle un cappuccino. Nous ressemblions déjà à un vieux couple. Ou plutôt : nous avions tellement peu l'habitude d'être en couple que nous donnions l'impression de l'être depuis trop longtemps. Cette image me perturbait et me rendait nerveux. Cette nervosité m'empêchait de parler et Lena ne m'aidait pas en se limitant à touiller son café à l'infini, les yeux baissés comme si je prononçais une punition à son encontre. Surpris par ce manque de conversation, je bus une gorgée du thé brûlant et dis :

— Allons baiser tout de suite. Gagnons du temps.

J'avais capté son attention. Elle se figea.

— Depuis trois mois, on parle régulièrement mais virtuellement. Or, quand on se voit enfin, on n'a clairement rien à se dire. Pourquoi essayer de mieux se connaître, de passer la fin d'après-midi ensemble, d'aller au cinéma, au restaurant puis de prendre un verre chez toi, chez moi ? De toute évidence, on a obtenu les réponses à nos questions. Personnellement, j'ai juste envie d'arracher tes vêtements et te bouffer sur la table comme une assiette de sashimis devant tout le monde pour que les gens comprennent à quel point ton petit cul endimanché me fait bander.

Elle se leva brusquement, la surprise initiale laissant place à une forme d'énervement, me transperça du regard et au moment où je m'apprêtais à recevoir un cappuccino bouillant en plein visage, elle jeta sa main droite sur mon sexe, le caressa avidement à travers l'épaisseur de mon jean avant de venir à califourchon sur moi. Elle mit ses mains autour de mon cou tandis que son bassin frottait chaudement mon pénis de plus en plus à l'étroit. Elle croqua lascivement mon oreille droite et chuchota dans le creux du lobe :

— Je crois que c'est là.

— ?!...

— Le café. C'est celui-ci. Je m'en rappelle car j'y étais venue avec *Mamá* après une exposition sur Girodet.

Je repris mes esprits en balbutiant quelques syllabes incompréhensibles. Je la vis faire un signe de la main à Artémis alors qu'elle rentrait juste dans la bouche de métro. Un serveur avec une coupe de cheveux nécessitant la production entière d'une usine Dop nous installa nonchalamment à une table libre, dans le courant d'air entre fenêtre et l'entrée. Je me ruai sur la banquette, ce qui fit sourire Lena. Elle consulta la carte, fronça ses touffus sourcils noirs au-dessus des verres ovales de ses lunettes et m'avoua les yeux pétillants hésiter entre une glace au chocolat et un brownie.

— Tu as déjà faim ? Je te voyais plus prendre un café… Oui, c'est ça, tu ne veux pas plutôt prendre un cappuccino ?

— Je ne bois pas de café. Ça me provoque des crises d'angoisse. Et parfois même, des terreurs nocturnes.

— Tu n'as pas besoin d'en boire pour en commander ! Et puis de toute façon, c'est moi qui t'invite. S'il vous plaît ? Un cappuccino et un Earl Grey !

Elle m'étonnait. Au lieu de se replier sur sa chaise ou se rebeller contre cet autoritarisme malvenu, elle semblait impatiente d'engager la conversation et de me poser des questions sur mon travail. Elle apprenait l'architecture, un domaine que je maîtrisais autant que la stabilisation des plasmides, et ne devait donc sûrement pas se montrer sensible aux théories de risk management que je pouvais lui conter. Un bon point pour elle. Au fur et à mesure que nous partagions nos expériences, nos opinions et que nous demandions confirmation de ce que nous savions déjà de l'autre, nous nous rapprochions inéluctablement dans une ardeur euphorique. Une euphorie rustique carburant au thé, au café et à une envie réprimée de brownie et de glace au chocolat. Mes souvenirs extrêmement incomplets de notre conversation témoignent de la futilité excessive des propos. Ceux-ci s'enchaînaient dans une volonté de légèreté humoristique mais versaient plutôt dans une atypie terrifiante. Ces fragments de discours s'entremêlent sans logique dans ma mémoire où ils reposent désormais avec langueur.

— Je cuisine souvent en trop grande quantité mais je revends les restes aux vieux de l'appartement d'en face.

— Parfois, j'ai comme l'impression de capter les ondes émises par les portables. Ça m'épuise. Je dois être électro-sensible. Comme ma mère. Elle dort dans une cage de Faraday !

— Les cyclistes s'épilent les jambes. On croit souvent qu'ils se les rasent mais en fait ils les épilent pour éviter que leurs plaies ne s'infectent avec leurs poils. Je me demande ce qu'on fait de tous ces poils. Personne n'en parle et c'est bien dommage !

— Une glace au chocolat ! On ne dirait pas comme ça mais je mange pour deux. D'ailleurs, je prends ta part puisque tu la laisses fondre !

— Penses-tu que celui qui vole un œuf vole, comme on veut nous le faire croire, nécessairement un bœuf ou est-ce typiquement un abus de langage propagé par les amateurs de steaks tartares pour assaisonner tranquillement leur plat ?

Et elle continuait, imprévisible et inexplicablement captivante. Le charme opérait, concrétisation des promesses formulées par plusieurs mois d'imagination galopante.

Au moment où j'étais le plus absorbé par le discours grisant de Lena, elle se leva inopinément. Mais au lieu de se jeter sur moi, comme je l'avais rêvé éveillé, elle enfila son manteau et se prépara à rentrer chez elle. Elle travaillait sur un projet académique de piscine couverte et accumulait du retard depuis des semaines. Il lui fallait maintenant y consacrer une large partie de ses dimanches. Je la raccompagnai en métro pour quelques arrêts et un changement de ligne. Intérieurement, je bouillais. Je cherchais le meilleur moyen pour l'embrasser avant de la laisser rejoindre sa mère, sa sœur et ses maquettes.

Lena, même si cela t'est égal, maintenant il faut l'avouer : je ne me souviens pas de ce que tu m'as dit au cours de ce trajet. J'étais trop accaparé par l'analyse rapide de ces quelques minutes avec toi. Je ne connaissais rien aux rapports humains, encore moins aux interactions entre un homme et une femme. Par chance, tu paraissais aussi ignorante que moi sur le sujet. Cette égalité m'insufflait le supplément d'audace qui me faisait défaut et qui, alors que nous approchions de ton appartement, allait tout amorcer. Avant même de te voir, j'étais déjà envoûté par ton intelligence, par tes lèvres, par ton halo, par tes mains, par ton âme. À présent, je voulais atteindre ton âme. Peut-être qu'en l'embrassant...

Nous nous échangeâmes un long baiser au pied de ton immeuble. Tu me mordis la lèvre. J'avalai presque un bout de ta langue. Tu fermas un œil. Je souris. Tu souris. Du coup, nous rîmes. Tu oublias ton code d'entrée. Je m'éloignai d'un pas distrait. Tu te trompas d'étage. Je pris le métro en sens inverse. Nous étions maladroits. Nous étions heureux. Pour l'instant.

III

Christos descendit au garage, fouilla les étagères quelques instants, y prit un bidon, le regarda avec insistance pendant quelques instants puis sourit en remontant sur sa terrasse. Sa journée allait pouvoir commencer.

Entre la sortie du métro à Nation et mon trois-pièces, rue du Rendez-vous, se trouve une petite place. Ce jour-là, un homme d'une soixantaine d'années s'y déplaçait péniblement en fauteuil roulant, accompagné d'un infirmier en blouse blanche. Ils s'immobilisèrent petit à petit au milieu de la place et en m'apercevant semblaient marquer un arrêt pour m'attendre. L'infirmier tenait une potence à perfusion et répandait autour de lui une certaine nervosité. Il me fit un signe de la main et m'adressa d'une voix noircie par le tabac :

— Monsieur ! S'il vous plaît ?

— Oui ?

— Je ramène un patient chez lui et avec cette circulation infernale, on met des heures à faire seulement quelques kilomètres... Pouvez-vous le surveiller, le temps que j'aille me soulager au bistrot, juste en face ?

— C'est que...

— Je ne tiens plus... Merci !

Avant d'avoir eu le temps de lui répondre, il avait placé la poche à perfusion dans ma main et m'ordonna de la garder impérativement en l'air, sous peine de provoquer une vive douleur chez son patient, traité pour une infection rénale. L'infirmier rassembla toute son énergie et courut en direction du Marco Polo, me laissant perplexe quant à mon rôle exact. Presque aussitôt, comme si l'éloignement subit de son aide avait déclenché un réflexe, le vieillard se mit à gémir. Puis, il commença à gesticuler dans le vide tel un homme jeté à la mer sans savoir nager. Entre deux contorsions, il pointait de son index malingre la poche et me signifiait de la placer plus haut encore. Incrédule, confondu mais prêt à m'exécuter, j'étendis mon bras à la verticale du mieux que je pouvais. L'agitation du malade empirait. Je baissai la poche. Son visage devenait un défilé grotesque de grimaces et de rictus en tout genre.

Au même instant, j'aperçus l'infirmier à travers la fenêtre de la brasserie. Il s'était installé à une table et, une pinte à la main, me fixait avec un sourire délibérément forcé. Sa main libre, elle, s'employait à me faire des « coucous » avec des mouvements exagérés d'essuie-glace. Le vieux tira convulsivement la manche de ma chemise et je vis la souffrance sur sa figure tailladée par des plis de plus en plus profonds. Derrière moi, des pas s'approchèrent hâtivement et une voix, criarde et féminine, s'éleva :

— Mais qu'est-ce que vous faites ?!

Je me retournai et barbotai quelques mots pour expliquer tant bien que mal les circonstances absurdes m'ayant amené, sans même m'en rendre compte et sans en comprendre les véritables rouages, à servir d'assistant à un garde-malade peu scrupuleux. Tout ceci avait quelque chose de profondément grand-guignolesque et je ne pouvais m'empêcher d'envisager la situation en riant à pleine gorge dans l'intimité de ma conscience. La femme qui m'avait interpelé avait une petite trentaine d'années, une blouse blanche et autant de tonus que son camarade qui venait de sortir à grandes enjambées du restaurant. En quelques secondes, nous nous trouvions tous les quatre au milieu de la place, dans cet improbable rassemblement. Je remis la poche à perfusion à son responsable initial, en lui lançant au passage un regard réprobateur, et me décidai à laisser cette étrange compagnie sur-le-champ.

N'ayant pu m'éloigner que de quelques mètres, la jeune femme me rattrapa et m'expliqua qu'il s'agissait d'une plaisanterie mise en scène pour une émission de télévision. Deux caméras, escamotées derrière un arbre et au balcon d'un restaurant voisin, se révélèrent après qu'elle m'ait indiqué par deux fois avec le bout de son index leur présence. Les trois complices se réjouirent de chorus en surveillant de ma part une quelconque réaction. Celle-ci ne vint jamais tant le désenchantement de cette découverte me frappa. L'agencement inattendu des épisodes ayant conduit à ce dévoilement m'avaient paru drôles car réels. Cette imposture scriptée, déplaisante au possible, me laissait une sale impression. Un quatrième larron arriva et me fit signer un papier de droit à l'image. Je restai impénétrable et docile à toutes leurs volontés. Mon passage dans cette caméra cachée se différenciera certainement des autres, filmés à la chaîne dans le même après-midi, par l'absence de toute réaction excessive d'énervement ou d'éclats de rire. Selon toute vraisemblance, il ne sera ainsi jamais diffusé car dénué d'intérêt comico-dramatique. Bonne nouvelle.

En rentrant chez moi, mon esprit errant, je pensais à Lena. Elle aussi pouvait être une actrice de caméra cachée. Que savais-je d'elle, après tout ? N'aurait-elle pas oublié de m'exposer la supercherie ?

Dès le surlendemain, lorsque je la revis, je guettais discrètement tous les recoins autour de nous pour démasquer une équipe de tournage ou des figurants louches. Au restaurant, je vérifiais les stylos et les lunettes des serveurs ainsi que les miroirs accrochés aux murs. Dans la rue, je passais le plus clair de mon temps à examiner le sol pour ne pas fournir la moindre chance à un caméraman de capter un plan reconnaissable de mon visage. Lena ne s'apercevait pas de mes manœuvres paranoïaques, du moins il fallait l'espérer. Seuls le cinéma et les salles de spectacles m'étaient parfaitement paisibles, l'obscurité me rassurait. Une émission de télévision où figurait Lena ne pourrait prendre le risque de tourner en vision nocturne ! Pas assez qualitatif.

Quelques semaines passèrent ainsi. J'étais à présent convaincu que mon histoire, la nôtre, désormais, appartenait à la réalité et n'était pas dictée en temps réel par un Ed Harris sorti du Truman Show. Je pus profiter des plaisirs incomparables de deux êtres partant à la découverte l'un de l'autre. Pour Lena et moi, les enjeux dépassaient cela de loin. Nous ôtions le voile sur une espèce peu familière : le sexe opposé.

J'avais connu quelques filles, d'horizons et de types très différents, mais jamais dans la durée, jamais de façon assez approfondie pour réellement les comprendre. Elles ne restaient de toute manière jamais suffisamment longtemps pour me donner l'idée de les étudier et nos liaisons étaient si superficielles qu'elles ne pouvaient avoir d'aspirations supérieures. Avec Lena, nous participions l'un pour l'autre à une expérience individuelle, expérience à partir de laquelle nous généralisions certaines conjectures, confirmions certains préjugés et tordions le cou à certains clichés. En chemin, nous mettions aussi en avant de nouvelles théories. Deux cochons d'Inde dont les sentiments peu à peu s'affirmaient, à leurs dépens. Incertains et chancelants dans cet inconnu mais rendus confiants par le bonheur qui nous aspirait peu à peu, nous traversions la vie comme une onde vaporeuse, ne déposant aucune trace au cours de notre voyage ailleurs que dans nos consciences domptées indolemment.

Le moindre de nos gestes donnait prétexte à un émerveillement idiot et doux, le moindre de nos rires déclenchés de concert à des batifolages puérils et complices, la moindre de nos mimiques disgracieuses à des remontrances moqueuses et indulgentes. Hors du temps et insensibles aux péripéties extérieures, nous portions notre union avec la tranquillité statique des amoureux à la fois naïfs et idéalistes. Quelques éclairs de réalité, intenses et toniques, nous ramenaient parfois à un quotidien plus concret où l'extase laissait place à la banale routine que nous avions connue auparavant. Comme nous avions apprivoisé rapidement ce nouveau rythme de vie ! Comme tout ce qui nous semblait supportable, parfois même agréable anciennement, maintenant peinait à dissimuler sa fadeur ! L'intarissable source d'ennui avait pour origine l'absence de Lena. Sa seule compagnie dispersait toute la contrariété que des heures de séparation avaient occasionnée.

Nos occupations, épisodiques et secondaires, ne nous détournaient pas l'un de l'autre. Une exposition, un restaurant, une promenade nocturne où nous nous faisions passer pour des touristes étrangers à la recherche des monuments parisiens, une partie de tennis servaient de subterfuge pour magnifier l'autre et ce qu'il apportait au tout de notre idylle. Notre énergie commune ne s'amenuisait pas. Mieux, nous trouvions des ressources insoupçonnées pour l'approvisionner et la renouveler.

Et quand bien même l'ombre de la monotonie nous aurait abordé, tard le soir, j'avais trouvé un moyen de la passionner, dont j'abusais admirablement. C'était de lui parler de son père, décédé quatre ans plus tôt. Il avait assuré la plus grande partie de son éducation et lui manifestait de continuels excès de tendresse. Cela, combiné à son abnégation nordique et ses connaissances scientifiques abyssales, l'avait propulsé en modèle pour sa fille. Il avait été systématiquement concerté sur ses choix scolaires et même ses interrogations liées à son intimité. Son succès dans l'industrie pharmaceutique fut aussi fulgurant que sa mort, lorsqu'il fut fauché au bord d'une route de vacances par une voiture victime d'un écart soudain et inexpliqué. Sa famille s'était reconstituée autour de la mère, jusqu'ici œuvrant dans la discrétion de sa soumission.

Avec moi, Lena se montrait inépuisable pour partager des histoires, des impressions, des réminiscences évoquant son père. Lorsqu'elle semblait ne plus rien avoir à dire, je la questionnais et elle reprenait le fil de plus belle. Mais à un moment, elle stoppait définitivement et n'ajoutait plus un mot. Alors, je cessais de la relancer et la contemplais, en attendant que le silence la réveillât et qu'elle s'aperçût de la fièvre où je la jetai. Elle s'engouffrait près de moi et je sentais sur sa nuque les effluves distants de son parfum du matin, tenant encore à sa peau par quelque harmonie chimique. Tout en préservant notre enchantement, nous suivions la trajectoire logique de deux amants qui, à tâtons, presque sans y croire, devenaient deux amoureux. Des nigauds en apesanteur.

Chaque semaine nous donnait l'opportunité de rencontrer les cercles d'amis autour desquels nous gravitions avant de nous connaître. Ceux-ci, comme des patatoïdes représentant les résultats d'études quantitatives, venaient à s'entrecouper. Ensuite, ils se familiarisaient pour créer de nouveaux ensembles au gré des affinités et des accroches. Cet engouement spontané, que nous interprétions comme une approbation de ceux qui nous étaient les plus chers, nous encourageait dans notre relation. Si nous avions été bernés, à coup sûr nos plus proches amis, eux, auraient déjoué la tromperie et nous auraient alertés.

De mon côté, Jonathan a conforté mon choix au-delà de ce que j'imaginais en me livrant une énumération interminable de raisons pour lesquelles il ne fallait absolument pas que je « merde le coup, cette fois-ci ». La légère pointe de jalousie dans le ton de Delphine et ses coups d'œil menaçants lancés glacialement en direction de Lena parlaient pour elle. Quant aux amis de Lena, ils semblaient du même avis puisqu'ils appréciaient les moments que nous partagions ensemble, cherchaient à nous voir le plus souvent possible et ne lui avaient à aucun moment instillé des idées de renoncement à mon égard.

Ces adoubements avaient renforcé nos liens en ancrant notre couple dans un schéma plus concret et donc plus solide. Jusque-là, l'onirisme avait tout englouti et il était légitime de craindre que le retour à la réalité puisse provoquer des remous, le réveil et en dernier lieu la séparation. L'inverse se produisit. Les mois se succédaient sans que la moindre fissure dans nos rapports apparût. Chaque pensée énoncée paraissait devancer nos volontés. Nous partagions les mêmes besoins et les mêmes désirs, le tout aux mêmes instants...

Dans la ligne 6 du métro qui nous ramenait chez moi.

— Louis, à ton avis, pourquoi tous les accordéonistes qui font l'aumône dans les wagons se sentent *systématiquement* obligés de jouer des versions accélérées de leurs chansons ?

— Ils se calent sur le rythme des stations, je pense... Il ne faudrait pas qu'ils ratent leur correspondance à place d'Italie !

— Peut-être, oui. Mais qu'est-ce qu'il se passe si le métro reste bloqué entre deux stations ? Après La Vie

43

en Rose, Mon Amant de Saint Jean et La Bamba, il leur reste quoi à jouer ?

— On ne t'a jamais dit de ne pas poser de questions auxquelles tu ne voulais pas connaître la réponse ? Crois-moi, mieux vaut ne *pas* savoir ce qu'ils sont susceptibles de jouer après !

Et nous communiions. En nous moquant des tempi approximatifs de ces Roumains de passage, attrapant de justesse leur train et saluant les voyageurs avec un charabia marmonné dont on ne discernait que les dernières syllabes.

Sur le chemin qui menait du métro à mon appartement.

— Pourquoi on ne représente Paris que par ses monuments, ses musées ou ses grandes avenues ? Aucun touriste ne vient prendre des photos du boulevard de Picpus, par exemple. C'est injuste, tu ne trouves pas, Lena ?

— C'est vrai : faisons de la discrimination positive de rues oubliées ! Réhabilitons les boulevards perdus de vue ! Restaurons les avenues sans intérêt !

Et nous communiions. En marchant droit devant d'un pas parfaitement cadencé, nos mains enlacées.

Dans les confidences de la chambre à coucher.

— Heureusement que tous les hommes ne sont pas comme toi sinon je serais amoureuse de la Terre entière...

— Heureusement que tous les hommes ne sont pas comme moi sinon la survie de la race humaine ne serait pas assurée…

Et nous communiions. En extériorisant par nos corps ce que nos mots avaient commencé à exprimer.

Seule l'inquiétude analogue à ce côtoiement sans trouble pouvait nous faire douter : forcément un éclat allait tôt au tard enrayer la mécanique huilée qui nous avait entraîné sagement dix mois dans notre histoire. En ce qui me concerne, sans l'anticiper, il m'atteignit de pleine force au visage quand, au détour d'une conversation post-coïtale sur la part de l'imagerie érotique dans les poèmes de Keats, Lena de sa voix suave et enjôleuse m'invita à dîner chez sa mère.

IV

Il fouilla son bureau et y prit les clés de son mini-van Volkswagen. Depuis combien d'années n'avait-il pas servi ? Il l'avait déjà en 1978 quand il avait parcouru les Balkans avec Njome, deux mois durant sous un soleil de fournaise. Aujourd'hui, plus que jamais, son premier amour envahirait toutes ses pensées.

Depuis que Lena et moi nous fréquentions, elle n'avait cessé de me livrer quelques détails au gré de ses humeurs sur Theodora, sa mère. Mais ces fragments de descriptions et ces morceaux d'anecdotes ne pouvaient me permettre de dresser un portrait fidèle de cette femme soumise, catapultée matriarche à la mort de son mari. Lena, certainement consciente de la singularité de Theodora, ne m'avait divulgué que certains aspects de sa personnalité épiant à chaque reprise mes réactions pour savoir si elle pouvait s'autoriser à poursuivre l'effort. Conditionné par ces précautions, je n'avais jamais cherché à voir Lena chez elle ou plus exactement *chez elles*. Jusqu'alors, elle n'avait montré aucune envie de changer ce postulat.

Je n'avais au bout du compte compilé que très peu d'informations sur Theodora. Elle passait ses dimanches chez Ikea. Elle vivait de placements immobiliers opportunistes, entre la France et la Grèce. Elle chérissait Lena et, malgré son amour immodéré pour son autre fille, aboutissait toujours au conflit avec Artémis. Elle ne souhaitait pas refaire sa vie avec un nouvel homme, ne voulant pas risquer de la défaire une seconde fois. Elle traînait une forme de mal-être s'exprimant contre le peuple français qui, selon elle, n'égalait pas la grâce de son ascendance hellénique. Elle avait expliqué à ses enfants, dès le plus jeune âge, que pour juger de la valeur d'un homme il suffisait d'inspecter son argenterie (ce qui expliquait pourquoi Lena avait éventré un à un le contenu des tiroirs de ma cuisine dès notre premier rendez-vous chez moi).

De ce que je percevais des rapports mère-fille, entre les lignes de mes discussions avec Lena et de mes échanges occasionnels avec Artémis, il devait se cacher derrière une apparente tranquillité de nombreuses complications. Cela se sentait au ton solennel que prenaient les deux sœurs dès qu'elles évoquaient Theodora. Leur désinvolture de tous les instants s'évanouissait brutalement et elles revêtaient alors un masque sérieux, bien peu seyant pour leurs visages d'ordinaire épanouis dans la légèreté et la drôlerie. Elles prenaient littéralement une hauteur condescendante et m'énuméraient d'un ton pastoral les attributs qu'elles voulaient bien partager. Sans doute en gardaient-elles en réserve par crainte de me rebuter avant même que je ne puisse me faire ma propre opinion.

N'ayant pu refuser la proposition de Lena, même si je la jugeais légèrement hâtive, je savais que sous peu cette opinion pourrait se fonder sur des motifs plus personnels et plus tangibles. La rencontre me terrifiait. Au fil des années, j'avais accumulé des conquêtes passagères et sans véritables lendemains. Elles ne m'avaient jamais donné la possibilité de rencontrer leurs parents pas plus que je ne les avais invitées à rencontrer les miens. La date fatidique approchant, je ressentais de plus en plus le besoin d'une préparation à cet exercice. Le but de notre rassemblement à quatre (Artémis ayant confirmé être de la partie) n'était pas de me présenter à Theodora et de passer un moment en compagnie de ma potentielle belle-famille mais bien d'obtenir le label délivré par la haute autorité maternelle, passe-droit indispensable pour continuer à fréquenter Lena sans couper les liens de confiance unissant ce petit noyau familial.

Face à moi, une épreuve balisée, au même titre qu'un grand oral de fin d'études ou qu'un dernier entretien d'embauche. Un ultime jalon dont je ne discernais pas les contours mais dont je prenais la mesure tandis que je l'accostais. Avoir surmonté tant d'épreuves, déformé mon caractère pour le rendre apte à la séduction et connu un avant-goût des vertiges à venir aux côtés de Lena ne me donnait pas droit à l'échec. Or, il était nécessaire de me préparer aux interrogations qui ne manqueraient pas de fuser de toutes parts. Sans réflexion préalable, le novice innocent dont j'incarnais alors le plus insignifiant stéréotype courrait droit à un jugement expéditif dont la condamnation s'abattrait sans réaction possible.

Une prompte exploration sur un moteur de recherche me mit en garde sur les pièges élémentaires à éviter et me fournit quantité de détails sur la typologie exhaustive des belles-mères. Car, oui, cela existait. Cette théorie, par le plus grand des hasards, me sera d'ailleurs présentée à nouveau dès le lendemain dans un forcément très sérieux magazine féminin consulté lors de mon passage, à l'heure du déjeuner, chez le coiffeur en vue du dîner chez les Sørensen. Elles pouvaient se classer en six catégories dont je reproduis fidèlement les descriptions.

1) La belle-mère copine

« D'entrée de jeu, elle vous tutoie et vous adopte sans questionnement. Vous ne le saviez peut-être pas mais elle vous attendait ! Souvent très proche de son fils, elle ne souhaite que son bonheur et quoi de mieux qu'une belle femme pour combler le seul manque dans sa vie ? Naturellement avenante et disponible, elle peut toutefois envahir votre espace vital et chercher à contrôler voire à étouffer votre vie conjugale. Canalisez-la, préservez l'équilibre de votre couple en l'empêchant de devenir un pot de colle. Ainsi, vous arriverez à l'apprécier pour ses qualités et vous la transformerez en amie, disponible et volontaire ! »

2) La belle-mère parfaite

« Si l'on vous demandait de décrire votre belle-mère idéale, nul doute qu'elle lui ressemblerait comme deux gouttes d'eau ! Vous allez faire des jalouses ! Agréable et affectueuse, elle sait doser ses interventions dans votre nid d'amour et n'a pour vous que de charmantes attentions à longueur d'année. Toujours disponible en cas de besoin, elle ne se fâche pas si, de temps en temps, vous l'oubliez. Aucun mauvais mot jeté en pâture derrière un sourire de façade : elle est droite dans ses bottes et vous estime pour vos qualités. Après l'homme de votre vie, vous avez décroché votre deuxième gros lot ! »

3) La belle-mère envahissante

« Si l'on vous demandait de décrire la belle-mère à éviter, nul doute qu'elle lui ressemblerait comme deux gouttes d'eau ! Pas de chance, avec elle, vous allez sûrement affronter de nombreux conflits… mais ce n'est pas obligatoire ! Vous avez l'impression qu'elle est la troisième roue du carrosse et votre énervement décuple lorsque vous réalisez que votre homme ne semble jamais s'en rendre compte. Pire, il apprécie ! Normal : elle n'a d'yeux que pour son fils (unique, dans la majorité des cas) et le couvre de cadeaux. Elle redoute de tomber dans la solitude maintenant que vous lui avez pris son enfant. Quoi que vous fassiez, vous aurez toujours le mauvais rôle de son point de vue. Ignorez-la du mieux que vous pouvez tout en restant polie et gardez-la à distance lorsqu'elle ne peut être évitée : vous ne vous en porterez que mieux ! »

4)   La belle-mère autoritaire

« Gardant rarement sa langue dans sa poche, elle ne vous critique pas… tant que vous faites exactement ce qu'elle dit ou sous-entend ! Au moindre faux pas, de son point de vue, vous rentrez en conflit et elle s'en prendra alors autant à vous qu'à son fils. Mais plus à vous quand même. Elle s'attend à être obéie au doigt et à l'œil, en toutes circonstances. Après tout, elle a déjà vécu une vie de couple qui a fait ses preuves, alors ses conseils sont forcément judicieux, pigé ? Le meilleur moyen de minimiser ses incursions dans votre vie : ne prenez pas au sérieux ses remarques et ne vous minez pas avec ses reproches. Réagissez avec humour pour lui montrer l'absurdité de ses observations. »

5) La belle-mère enseignante

« Comme la belle-mère autoritaire, elle prétend être l'exemple à suivre pour toutes les femmes de son entourage et particulièrement de l'entourage intime de son fils. Heureusement, elle fait souvent passer ses messages de manière plus diplomatique et moins abrupte. Évidemment, derrière les attitudes policées, vous n'êtes pas dupe : elle vous en veut et ne partage en rien vos manières, votre style, votre vision de l'éducation des enfants… Et comme elle est gentille, vous n'arrivez pas à lui dire que ses préceptes sont hors sujet. Avec un maximum de tact, essayez d'exprimer votre position : elle pourrait comprendre et vous laisser tranquille une bonne fois pour toutes. Et, avec le temps, elle viendra peut-être même vous consulter pour obtenir votre assentiment ! »

6) La belle-mère traditionnelle

« Elle vous considère avec la même réserve qu'un employé à domicile mettant pour la première fois les pieds chez elle. Ses principes d'un autre âge ont souvent de quoi déstabiliser mais en règle générale elle ne cherche aucune complication dans les rapports, juste à préserver une forme de distance. N'allez pas à contre-courant et surtout ne la froissez pas par manque de politesse. Faites-la entrer dans la confidence si vous vous en sentez l'envie mais surtout ne grillez pas les étapes en voulant faire trop bien trop vite ! »

En parcourant cet encart, illustré par six photos caricaturales de ménagères, je me rappelais pourquoi je ne m'étais jamais abonné à un mensuel féminin… Toutefois, j'espérais secrètement que la providence mettrait sur ma route une belle-mère parfaite. En attendant mon tour, entre les lavabos du fond et les fauteuils alignés près de l'entrée où des clients regardaient, semi éveillés, dans les miroirs la progression mécanique des stylistes des cheveux s'affairant autour de leurs têtes humides, la lecture de cet article, par l'imagination de différents scénarii, m'avait redonné un léger sourire que la contraction et le stress m'avaient peu à peu ôté.

Lorsqu'une coiffeuse m'indiqua qu'une place était disponible, je sortis de mes rêveries et la suivis vers un siège qu'elle tourna sur le côté.

— Alors… on part sur quoi aujourd'hui ?

Depuis quatre ans, je venais tous les mois avec une régularité d'horloger. Aujourd'hui, il s'agissait peut-être de ma cinquantième visite, de la cinquantième fois où Myriam s'occupait de moi et de la cinquantième fois où elle entamait la conversation en me posant cette même question avec ce sempiternel air teinté de curiosité et de défi. Qu'est-ce qui pouvait lui faire croire qu'aujourd'hui, plus qu'il y a un mois ou deux ans, j'aurais envie de répondre différemment et de lui donner de nouvelles instructions ? Sans doute, espérait-elle un peu de variété dans le train-train qui s'annonçait dès lors que je franchissais la porte du salon. Pour la première fois, pourtant, je réfléchissais à ma réponse au lieu de lui donner instantanément le feu vert de la routine. J'avais selon toute évidence besoin d'un renouveau pour affronter ce que Theodora me réservait. Je contemplai un instant le lookbook posé sur la console devant moi en imaginant les possibilités.

— Comme d'habitude. Très court sur les côtés. Utilisez le sabot de six millimètres mais laissez suffisamment de longueur sur le dessus, d'accord ?

Après avoir échangé quelques banalités avec Myriam, nous nous murâmes dans le silence que recouvrait le vrombissement permanent des sèche-cheveux du salon. Elle, appliquée, sérieuse, cisaillant par touffes entières l'excès de cheveux et peaufinant le travail avec la précision combinée d'un minuscule ciseau et d'une lame de rasoir pour dégager la nuque. Moi dévisageant et interrogeant mon reflet évolutif dans le miroir de la console. Une tête au regard statique à la base de laquelle se déversait, en drapés, une longue cape noire sur laquelle tombaient, en toute sécurité, des mèches châtains imprégnées d'eau. Un visage juvénile et maigre, étranger aux marques d'usure, éternellement lisse et infantile. Des yeux impénétrables, animés uniquement par des mouvements asynchrones des sourcils sous un excès de concentration. La houppette à la Tintin, que Myriam sculptait avec de la pâte à coiffer, préalablement chauffée par le frottement de ses mains, achevait de construire cet exemplaire gentil garçon, un brin rêveur, qui ne m'inspirait aucune sympathie.

Délesté de quelques grammes de cheveux et au courant de tous les derniers potins à propos des commerçants du quartier, je repris la direction du travail où me guettaient des tableurs Excel, des présentations PowerPoint et des réunions avec de vieux managers nageant dans leurs costumes dont les carrures dépassaient de plusieurs tailles la marque de leurs épaules. Souvent face aux missions qui m'étaient confiées, je perdais pied. C'était moi, dans ces moments, qui avais l'impression d'endosser inlassablement un vêtement trop ample. Depuis un an, j'avais rejoint un cabinet privé de conseil en fusions/acquisitions, uniquement pour la paie et pour la stimulation intellectuelle qu'il promettait à l'embauche. J'avais été échaudé par la vacuité de ma première expérience professionnelle, dans les équipes marketing d'une enseigne de luxe, et avais choisi de bifurquer avant d'être enfermé dans une voie sans issue.

Mais Advencia montrait ses limites. Avec une charge de travail inhumaine, obligeant à sacrifier la plupart de mes soirées et de mes week-ends, mon salaire horaire avoisinait celui d'une femme de ménage. Quant aux prétendus challenges cérébraux, la déception bien vite s'y substitua. Petite main pour les dirigeants du cabinet, je me contentais de réaliser des supports de présentation et des analyses aussi barbares que répétitives servant à les faire mousser auprès de leurs clients, les banques et les grands groupes industriels. Chaque minute loin de ce raffut, fût-ce chez le coiffeur, m'enlevait un peu de la morosité que des semaines incessantes de dur labeur ont vaporisé par couches sur mon dos, me poussant progressivement à courber l'échine.

Tous mes collègues, jeunes recrues bercées d'illusions, suivaient la même trajectoire. Nous nous rassemblions parfois le soir, lors de rares journées de répit, pour échanger sur notre avenir sordide. Seul Olivier y trouvait son compte et avait accepté de sacrifier toute forme de vie sociale au profit d'une carrière qu'il envisageait fulgurante. Pour les autres, Olivier, et ses choix capillaires d'un autre temps, était devenu le souffre-douleur sur lequel ils déversaient leur fiel. Cette distraction passagère mais régulière demeurerait à jamais le seul moment agréable de journées éreintantes qui n'apportaient aucune satisfaction.

Lena m'avait donné une raison de supporter ces conditions de travail qui sapaient lentement ma volonté et ma motivation. Au fil des mois, sa présence et son soutien m'avaient même permis d'y trouver un certain plaisir, chaque jour passé chez Advencia me rapprochant de ma prochaine rencontre avec elle. J'espérais qu'elle m'épaulerait autant durant le dîner que je redoutais plus que tout.

Silhouette embellie par un costume anthracite cintré, j'arrivais chez les Sørensen, un rosier à la main et le cœur serré. En avance d'une vingtaine de minutes, j'avais tué le temps dans l'église orthodoxe russe Saint-Alexandre-Nevski. Sa nef en forme de croix grecque me remémora les origines de Theodora et par extension celles de Lena. Était-ce un hasard si leur appartement se situait si près de ce sanctuaire si richement décoré où Pablo Picasso avait épousé la danseuse russe Olga Khokhlova ? Rempli de la quiétude mystique du saint lieu, je me dirigeai placidement vers un des plus beaux immeubles de la rue Murillo et appuyai sur la sonnette siglée au nom des Sørensen. Cette action fut la première d'une longue chaîne brisée.

V

Après avoir remis en état de marche sa camionnette, Christos partit sur-le-champ. Avant toute chose, il ferait un crochet pour voir la mer, sur la plage où Njome et lui s'étaient aimés, il y a vingt-huit ans. Ensuite, seulement, il prendrait la direction de Tripoli, à l'intérieur des terres du Péloponnèse.

Je passai la lourde porte d'entrée devant laquelle nous nous étions embrassés si gauchement pour enclencher une suite d'événements en cascade. À l'intérieur, un large escalier serpentait sur cinq étages autour d'un ascenseur-cabine en bois encastré autour d'une grille d'époque. Par terre, un parquet en point de Hongrie mettait en valeur des murs aux dimensions vertigineuses et les portes d'entrées massives des différents appartements. Partout des moulures travaillées. Et un silence profond préservé par la pierre de taille. Je montai les marches en m'arrêtant sur les nombreux détails qui ponctuaient mon avancée : la rampe d'escalier ornée de feuillages dorés, l'entresol dont la hauteur de plafond désorienterait un habitant d'H.L.M., les heurtoirs en bronze en forme de main sur les portes des appartements du premier… Au deuxième, étage noble du dix-neuvième siècle, une lumière s'échappait par une porte entrouverte, la plus éloignée de la dernière marche. J'étais arrivé.

Lena m'accueillit, froidement, comme si elle voyait le fils d'un cousin méconnu pour la première fois. Artémis se tenait non loin d'elle, les yeux sombrant dans un vide aperçu d'elle seule. Sur ma droite et s'approchant nerveusement, une ombre de petite taille, Theodora.

— Entrez, Louis ! *Come in, come in !* Que c'est *absolutely marvellous* de vous voir enfin !

Je répondis poliment, désarmé par le choix de ses mots, et donnai nerveusement le rosier, une attention qui enchanta mon hôte et qui ne manqua pas d'en rajouter.

— Merci mille fois… *So much*… *It's wonderful !* De quelles *color* seront les fleurs quand il sera *in bloom ?*… Les roses sont mes *favorite flowers*… Pourquoi offrir des *roses* quand on *can get* un rosier et ainsi en profiter plus longtemps ?... *Thank you so much* beaucoup, Louis !

Ces remarques, livrées en pagaille, provoquèrent enfin une réaction chaleureuse de Lena à mon égard. Son sourire de compassion sincère devant ce franglais pour le moins original m'attendrit. Par ses pensées, Artémis semblait errer dans un autre lieu et avoir seulement laissé sa carcasse inanimée parmi nous. Elle n'avait pas encore prononcé le moindre le mot pas plus qu'elle n'avait relevé la tête de sa posture d'assommée. Pour ma part, je tentais de cerner le personnage exotique qui s'affairait à planter son rosier dans un pot japonais. Theodora devait avoir dans les soixante ans. Sa ressemblance avec Artémis s'imposait comme une évidence bien que la dureté de ses traits donnât à son visage une rigidité amère dont n'avait pas hérité l'aînée des deux sœurs.

De ses cheveux gris pâle arrangés en chignon et de ses sourcils froncés émanaient une autorité naturelle contrastant avec la maladresse burlesque de ses gestes et la loufoquerie de son langage. Son accent, tiraillé de toutes parts entre des intonations gitanes, grecques, anglaises et françaises, s'accordait avec la tessiture stridente et acérée de sa voix. Sa peau mate et ses rides creusées en de profonds sillons témoignaient des épreuves qu'elle avait dû affronter. La détermination visible dans son regard rendait compte de la manière dont elle devait les expédier : avec affirmation et sang-froid. Parée de sa robe noire épinglée par une grosse broche mêlant papillons et motifs fleuris, métaux et pierres précieuses, elle dégageait un charisme inné dont on avait envie d'être sous l'influence. Elle appuyait ses paroles par des mouvements théâtraux, délibérément amplifiés pour polariser l'attention. Après m'avoir serré la main pour se présenter, elle n'avait pu s'empêcher de prendre une pose censée, je supposais, représenter la lassitude, à la manière de ces actrices plaçant le dos de leur main sur le front en faisant mine de s'affaler de tout leur poids. Plus tard, durant le repas puis la soirée qui suivrait, elle accentuerait toutes les bribes de son discours confus par une gestuelle grandiloquente, souvent totalement opposée à ce qu'elle exprimait.

L'intérieur de l'appartement était étrangement arrangé lui aussi. Le vaste salon avait fusionné avec la salle à manger. Les deux pièces combinées étaient organisées sobrement autour d'une luxueuse table qui devait toujours être dressée. Quatre jeux d'assiettes empilées, quatre verres colorés, quatre serviettes pliées en pochette pour recevoir les couverts ainsi que deux carafes en cristal encerclaient un imposant bouquet de violettes sur une élégante nappe brodée. Prise individuellement, la table n'aurait pas dénoté dans un palace parisien d'autant qu'un grand paravent de cuir et de satin cachait avec raffinement l'accès à la cuisine.

Ce classicisme formel jurait avec le fouillis que je devinais au second plan. De longs draps blancs y recouvraient des objets aux formes variées. Débarras de fortune, les recoins de la pièce principale paraissaient ainsi hantés par de funestes fantômes s'étendant endormis sur des chaises, des cartons empilés, des tableaux ou du petit mobilier.

Aux murs, on retrouvait le même ton parme que dans le vestibule dont l'absence totale d'ornement m'avait saisi. Non loin de la table, deux canapés se faisaient face sous un ancien lustre montgolfière illuminant l'ensemble de la pièce de ses teintes diffuses. Une cheminée haussmannienne surmontée de son miroir paré de cannelures anxieuses rouillait sur le côté gauche. Une large porte-fenêtre donnait accès, sur le côté droit, aux chambres. Face à moi, j'entrapercevais un balcon derrière des rideaux mauves opaques. Une télévision, perdue sur un des nombreux draps blancs, et une bibliothèque, dont les deux tiers des étagères étaient vides, représentaient les seuls signes de distraction de l'endroit.

De nombreux bibelots parasitaient la disposition majestueuse et spartiate de l'espace, comme si un bon goût réfléchi s'était lentement laissé envahir par un laxisme étourdi pour former un bric-à-brac incohérent. Ce logement renvoyait l'image d'une famille en transit n'ayant pas eu le temps de déballer tous ses cartons de déménagement et d'en affecter le contenu au mobilier adéquat.

Un silence de désolation planait sur nous. Lena était aussi tétanisée que moi. Artémis n'était pas encore revenue à la réalité. Theodora avait fini de planter le rosier. C'est elle qui démarra la discussion en admirant le végétal qu'elle posa sur une des étagères de la bibliothèque.

— Il est superbe, vraiment !... Il faudra que je pense à l'arroser, *right Leninou ? You will remind me ?*...

Allez, *now that's over with*, suivez-moi, on va prendre place à table... Vous n'avez rien contre la viande, Louis ?... J'ai préparé du *fish*, de toute manière... Vous n'avez rien contre ?... *Come on, come on*, installez-vous ! Leninou, ici... Louis, là... Artémis... *Artémis, are you listening to me ?!* Viens à côté de moi !

Sa façon de distribuer nos places en les montrant du doigt ne permettait pas de remise en cause. Elle ne plaisantait pas. Ses manières comiques et d'apparence légères n'étaient qu'un masque éclipsant une tyrannie à ne surtout pas remettre en cause. Je me contentais d'écouter, d'observer et de répondre succinctement aux quelques questions qu'elle m'adressait. Parmi nous quatre, elle seule s'animait. Elle conduisait la conversation soit vers les platitudes les plus évidentes soit vers des sujets dont l'enjeu m'était totalement étranger. À de rares moments, Theodora et Lena s'adressèrent de petites pointes verbales en grec. Le ton perçant qu'elles employèrent en m'écartant de leurs échanges me fit comprendre que quelque chose se déroulait. Même Artémis sortit de sa torpeur et scrutait les visages de sa mère et de sa sœur pour pénétrer leurs motivations.

Je cherchais à réagir. Je me sentais rapetisser devant ce jury aux intentions illisibles. Mais, tel un suspect interrogé sur une affaire dont il ne connaît pas le moindre détail, je demeurais parfaitement stoïque, sûr que tôt ou tard une explication manifeste verrait le jour. Une dispute familiale avant mon arrivée ? Cela donnerait sens à l'attitude effacée d'Artémis. Une indisposition médicale ? Cela clarifierait les messes basses tenues en grec. Un plat brûlé en cuisine ? Il n'en faudrait pas plus pour déséquilibrer trois femmes. Tout cela était plausible mais au fond j'étais convaincu que cela tournait autour de moi. N'étais-je pas, après tout, le seul élément nouveau, la seule pièce rapportée, dans ce dîner aux allures de Jugement Dernier ? Tout transpirait l'étrangeté. J'imaginais le père Sørensen. Lui m'aurait soutenu, par solidarité masculine, au moins. Mais il s'était éteint, peut-être moralement détruit par sa triplette féminine. Désormais autonome avec ses deux enfants, sa femme était à la tête d'un triangle morbide qui ne digérait absolument pas sa disparition précoce et soudaine.

Artémis m'avait confié un jour n'avoir jamais osé présenter un seul de ses petits amis à sa mère de peur de sa sentence. Lena n'en avait jamais eu. Je n'avais pas su dire non à son appel, si charmant et instinctif. J'ouvrais la piste, à l'aveuglette, pour tous ceux qui allaient suivre, inconscient du danger d'abord et tentant d'éviter le hors piste à présent. Je slalomais entre les remarques de Theodora, de plus en plus désarçonné par le manque d'assistance de Lena, et arrivais tant bien que mal à la fin du dessert.

Entre chaque plat un ballet chimérique des deux sœurs qui enlevaient les assiettes avec les restes et les remplaçaient par de nouvelles déjà servies. Quelques secondes de tête-à-tête avec la dame au chignon durant lesquelles, sous l'insistance de ses yeux devenus translucides à force de me dévorer, mon estime de soi baissa en-dessous du seuil rouge. Le repas, copieux et fin, avait été succulent. Il me restait au moins cela et ma reconnaissance immédiate des qualités déployées par le trio fut ma seule véritable prise d'initiative dans la pâteuse discussion. Pensant utiliser ce remerciement comme tremplin pour déguerpir sans tarder, je fus stoppé dans mon élan salvateur par Theodora.

— Artémis ! Va donc chercher ta guitare et *play some music for us !...* J'adore quand tu joues ta *wonderful music !...* J'ai besoin de *sit back* après ce repas épuisant… Pas vous, Louis ?

— Quelques instants, seulement, répondis-je, avec un air de faux-cul maîtrisé. Je ne voudrais pas abuser de votre compagnie ! Néanmoins, sachez que je joue moi-même également un peu de guitare…

— *Marvellous !...* Artémis va vous prêter la sienne… *I'm so anxious* d'entendre ça !... *So charming*, n'est-ce pas Leninou ?

— *Yes, Mamá.* dit Lena, le plus platement du monde.

Par mimétisme, elle dupliquait les tics oraux de sa mère quand elle lui parlait. Si Artémis avait fait de même, cette torture psychologique m'aurait poussé à bout. Heureusement, elle n'ouvrait la bouche que pour

66

rejeter ou confirmer des propositions qu'on lui soumettait, généralement à l'aide d'un monosyllabe, « oui » ou « non ».

— Artémis, *fetch your guitar,* s'il te plaît…

— D'accord, oui, approuva dans un timide frisson Artémis, avec encore moins d'enthousiasme que sa cadette.

Ce moment de flottement était une ouverture bienheureuse ! J'empoignai dans l'instant même l'avant-bras de Lena et la tirai d'un pas décidé vers la sortie. Son visage, pâle et inexpressif, retrouvait ses couleurs et ses mimiques. Un baiser sur le seuil de la porte, elle était hilare et visiblement portée par mon emballement contagieux. Surgissant de notre ombre, sa mère nous rattrapa. Je l'interrompis avant qu'elle ne commentât la situation : *yassou i matera !* En un rien de temps, sans tergiverser, nous nous précipitions dans les escaliers, la rue puis la station de métro. C'est avec la sensation de m'être dérobé au péril de ma vie à une meute de loups lancée à mes trousses que je m'installai sur un strapontin d'un train de la ligne 2. Lena s'assit sur mes genoux. Nous reprenions notre souffle tandis que la rame accélérait. J'ouvris grand les yeux et réalisai que je n'avais pas quitté l'appartement.

En attendant abasourdi le retour d'Artémis avec sa six-cordes, bouée de sauvetage à laquelle me raccrocher, Theodora feuilleta un catalogue chipé compulsivement sur la table basse entre les deux canapés. Lena s'embrasa subitement et se mit à resplendir. Comme je l'avais déjà compris au cours de certains week-ends passés, elle accordait beaucoup d'importance à sa religion et à son protocole dominical bien huilé. Premier problème : sa religion était en fait une secte. Second problème : sa mère et elle en constituaient les seuls membres connus, à la fois gourou et adepte mais toujours à la merci d'un être supérieur. Vivre une relation avec Lena ne faisait pas automatiquement de moi un nouveau disciple – son but n'ayant jamais été de me convertir – mais, en ratifiant son comportement, j'allais devoir me plier à des concessions non négociables et déconcertantes.

Là où la plupart des sectes et religions éprouvent des difficultés à démontrer leur croyance par des faits observables, celle de Theodora et Lena était irrévocable. Il suffisait de se rendre dans une zone industrielle pour en trouver des preuves concrètes. Effectuer son pèlerinage le dernier jour de la semaine constitue d'ailleurs un élément essentiel de leur doctrine. Et à la rentrée scolaire de chaque année, leur messie venait à elles, directement dans leur boîte aux lettres, à travers un codex siglé Ikea. Des mois durant, elles épluchaient son offre et comparaient la moindre information avec les modèles réels en magasin. Pour ajouter à la bizarrerie de l'entreprise, elles n'y achetaient quasiment rien et les quelques entorses à ce principe étaient introuvables dans leur domicile... Peut-être que certaines de leurs trouvailles avaient atterri sous les draps blancs sur lesquels mon attention revenait toujours au cours de cette soirée interminable.

Tandis que les deux fidèles, à peine distraites par mon air médusé, virevoltaient en tournant les pages du catalogue, pointaient fiévreusement plusieurs modèles et associaient à pleins poumons leurs noms suédois, Artémis ouvrit la porte-fenêtre, une guitare acoustique toute cabossée fermement agrippée dans la main gauche, des Ray Ban Wayfarer posées sur le nez et les cheveux joliment ébouriffés. Elle referma les portes derrière elle, ricana et vint s'asseoir à côté de moi. Elle entama dans la foulée un enchaînement d'accords douteux. Péniblement, je distinguais une mélodie allant chercher du côté de Knockin' On Heaven's Door ou Smoke On The Water. Dans tous les cas, on ne dénombrait que trois accords, joués avec lourdeur, hésitation et grande peine. Chaque fausse note et nouvel essai s'accompagnaient de rires de commisération coupable de la part d'Artémis, aussitôt repris par Lena encourageant sa sœur à poursuivre le spectacle.

Il s'agissait certainement d'une tradition de longue date dont le déroulé suivait une succession rocambolesque avec une légère marge de manœuvre improvisée... Je me demandais si l'énervement soudain de Theodora en faisait partie. Après quelques vocalises et nouvelles tentatives de domptage des trois accords de la part de sa fille, elle la congédia avec rectitude et s'excusa auprès de moi pour ce désordre. Crise de rire dissimulée entre les deux sœurs. Artémis se faufila dans sa chambre en laissant échapper quelques railleries. Lena se recroquevilla sur elle-même en espérant que sa mère se calmât. Un nuage passa. Mon malaise s'obstinait et plus rien ne l'empêcherait de me ratatiner aux yeux des deux sœurs.

L'absurdité persista quand, pendant une heure supplémentaire, les dialogues de sourds, ponctués par des acquiescements nerveux, alternèrent avec des plages de silence épais. Malgré tout, mes efforts, mélanges savants de temporisation et d'effacement, finirent par payer puisque Theodora se lassa de ma présence. La voie était libre pour rallier le douzième arrondissement et oublier les vicissitudes de cette soirée. Demain, je récupérerais Lena avec le tempérament que je lui connaissais et cette malheureuse parenthèse se refermerait pour ne plus se rouvrir avant que je ne sois physiquement et mentalement apte à retraverser une telle épreuve en gardant un semblant d'amour-propre.

Dans un ultime soubresaut, alors que j'enfilai mon manteau et m'apprêtai à dévaler les escaliers, les trois complices murmurèrent plusieurs phrases courtes en grec. Theodora après quelques secondes pendant lesquelles le temps gela me proposa de venir passer avec elles une dizaine de jours dans leur maison familiale de Corfou durant les deux mois d'été. Nous étions au mois de juin. Cela me laissait tout au plus huit ou neuf semaines pour me remettre du traumatisme vécu ce soir. J'envisageais cette villégiature avec pour seule compagnie une mère possessive et sa fille inhibée par sa présence. De nombreuses images stroboscopiques me parcoururent l'esprit tandis que je préparai ma réponse. Moi en train de passer mes journées à occulter et à oublier les remarques, messes basses et sous-entendus assassins en provenance de Theodora. Moi, âme en pénitence, en train de déambuler sans notion du temps dans un Ikea grec. Moi en *assessment center*, évalué sur mes moindres faits et gestes par l'œil tranchant de la matrone, réfugiée derrière une glace sans tain et aidée par des dizaines de caméras braquées sur moi, ayant pour seule mission de prouver à sa progéniture que je ne la méritais pas.

Comme pour mieux chasser ses visions effroyables de ma tête, j'acceptai sur-le-champ l'invitation. Je n'étais plus à une contradiction près entre mes réflexions rationnelles et mes décisions antilogiques. Les aberrations s'étaient succédées sans temps mort depuis que j'avais mis pied chez les Sørensen, c'eût été idiot de briser la série sur un coup de tête de dernière minute. Sourire étincelant et remerciements appuyés en prime, j'honorais la sympathie de Theodora à mon encontre. Avec le recul, mes premières intuitions donnaient une bonne indication du déroulement du séjour. Je sous-estimais simplement l'ampleur des dégâts qui allaient s'abattre en déluge sur moi. Un scénario suivant un inéluctable déroulement et dans lequel ma marge de manœuvre s'apparentait à celle d'une squelettique embarcation de pêcheurs thaïlandais aspirée inexorablement dans l'œil d'un cyclone tropical.

VI

*En cette fin de mois de juin, la chaleur
l'asphyxiait. Malgré sa constitution et son
habitude, il ne pourrait jamais s'acclimater
aux températures supérieures à 40°. Entre
son vieux débardeur en coton et son dos,
une épaisse couche de transpiration se
formait et humectait ses poils, le collant à
son siège en skaï marron usé. Il se
rapprochait de la nostalgie.*

Je guettai le sommeil durant de longues minutes.
Je finis par m'endormir en souhaitant qu'un coup de fil
ou un SMS de Lena me réveillerait pour m'extirper de
cette expectative. Rien ne viendrait. Le lendemain, je
profitai d'un calme momentané chez Advencia pour
repenser posément aux extravagances du dîner.
Comment expliquer l'attitude fantomatique de mon
amie ? Comment croire qu'elle avait cautionné ce
déroulement ? Dans son attentisme aussi fort que le
mien, elle paraissait m'avoir attiré chez sa mère contre
son gré. Pourtant c'était bien elle qui, comme en
validant un palier, avait voulu provoquer cette

rencontre, nécessaire dans son idée pour homologuer pleinement notre relation.

Sa discrétion anormale depuis la veille ne me rassurait pas. Elle n'était pas la fille la plus loquace que j'aie fréquentée et ne s'épanchait jamais sur ses sentiments en ma compagnie ; toutefois, cette indifférence-là dépassait ce que je pouvais supporter. Ce qu'*on* pouvait supporter. Je décidai, malgré mon envie du contraire, de ne pas la contacter, par quelque moyen que ce soit, ayant déjà montré suffisamment de signes d'inanition pour ne pas ramper à son chevet, la queue entre les jambes, une expression d'infériorité dans les yeux. Elle ne pourrait éviter de revenir vers moi, au moins pour évoquer ce voyage que j'avais accepté à contrecœur et qui liait notre futur. Nonobstant cette résolution ferme et définitive, n'étais-je pas en train de laisser filer Lena sans complètement m'en rendre compte ? Ne fuyait-elle pas sans résistance comme un évadé de prison sidéré de l'absence de surveillance ?

12h tapantes. Je fermai la session de mon ordinateur et mis un terme à mes rêveries pour rejoindre Delphine et Jonathan. Dès la date du dîner avec Theodora arrêtée, nous avions convenu de nous retrouver tous les trois pour débriefer à chaud cet événement sans précédent. Jamais je n'aurais pu penser qu'il y aurait tant à dire. Cela nécessiterait une longue pause-déjeuner dont la durée s'étirerait au-delà des dispositions prévues par la convention collective de la Bourse & Finance. Il était temps de reprendre des minutes versées dans le puits sans fond qu'était devenu Advencia.

J'avais connu Delphine et Jonathan pendant un stage durant mes études, figure imposée d'un semestre indispensable pour valider la première année de mon école de commerce. Nous avions été recrutés par le même service d'une multinationale américaine, TC Coleman Homecare, spécialisée dans les produits d'entretien, à un moment de grande activité. Des intérimaires peu chers, motivés et jeunes, en quelque sorte. Seuls stagiaires dans une division d'une soixantaine de salariés, nous avions développé dès les premiers instants une intense complicité. Reposant d'abord sur l'entraide et la convergence d'intérêts, elle s'était ensuite muée en une fervente amitié. Depuis, nos vies n'avaient plus de secrets. Nos sentiments se partageaient dans un drôle de pool commun et nous nous fournissions réciproquement des psychanalyses sur le pouce. Nous étions devenus les frères et sœurs d'une trempe avec laquelle nos familles ne pouvaient rivaliser et les meilleurs amis que nous ayons connus.

Toujours en avance sur la ponctualité, Delphine attendait devant l'entrée d'un minuscule, et terriblement authentique, restaurant japonais de la rue Lauriston. Son allure svelte et athlétique, affiliée à celle de la lanceuse de javelots Leryn Frano, la rendait visible de loin. Son impatience aussi, vu la façon dont elle frétillait en vérifiant toutes les vingt ou trente secondes les appels en absence de son portable. Elle pestait tout bas qu'on ne soit pas, comme elle, toujours quelques minutes en avance sur les rendez-vous.

Masculine dans ses manières ou son élocution, elle n'en demeurait pas moins féminine dans son apparence vestimentaire et son goût pour les accessoires de luxe. Souvent, comme ce jour-là, elle s'affichait tel un panneau publicitaire, n'appréciant les marques que lorsqu'elles étaient ostentatoires. Sa ceinture, son sac, ses lunettes et même son t-shirt porté sous une veste de tailleur : tous placardaient un logo ou une griffe reconnaissable de designer haute couture. Delphine gagnait bien sa vie et elle tenait à ce que cela se sache, fût-ce de la moins fine des façons. On percevait, outre cela, de nombreuses contradictions chez elle, toutes constitutives d'une personnalité alambiquée. Même ses cheveux blonds, naturellement bouclés mais lissés avec application, laissaient transparaître cela : une petite touffe rebelle finissait toujours par se reformer en tirebouchon sur le dessus de sa tête et l'affublait d'une sorte de ressort capillaire, robuste et élastique. Cet épi récurrent lui valut de nombreux surnoms que personne n'osa jamais prononcer en sa présence par peur de ses colères atrabilaires.

Elle tourna la tête lorsqu'elle m'aperçut et me fit signe. Sa mèche dorée, en réaction à cette agitation brusque, vacilla d'un côté puis de l'autre et recommença plusieurs fois en réduisant son amplitude jusqu'à se stabiliser dans sa position initiale. Je ne pus m'empêcher de glousser ce qui provoqua l'exaspération de Delphine. Mais aussi de nouveaux mouvements de balancier. Et donc un renchérissement de gloussements.

Delphine avait longtemps cherché à se lier à moi, au-delà de nos rapports amicaux. Ma personnalité timide et peu sûre d'elle, encore plus accentuée lors du chapitre TC Coleman de notre vie, ne m'avait pas permis de décrypter ses avances, pourtant bien peu évasives. Des mois passèrent dans cet ambigu unilatéral : elle, flirtant en espérant davantage, et moi, muré dans une innocence idiote, ravi de sa camaraderie spontanée. Nous nous acclimations à ces rôles. Au bout d'une année, ses espérances s'étaient rangées à jamais – du moins elle s'en auto-persuadait pour mieux le tolérer – tandis que mon innocence baissait progressivement la garde.

Mais rien, en aucune circonstance, ne se produisit entre nous. Nous étions comblés par une relation d'amis sans la moindre arrière-pensée. Elle vécut des amourettes. Par peur de ne plus avoir de sujets de conversation communs, je lui emboîtais le pas. Discuter ensemble de ces histoires, éphémères et anecdotiques, devenait ce que nous apprécions le plus et la seule raison pour laquelle nous nous rapprochions épisodiquement d'inconnus dans les lieux branchés de nos quartiers. Rien ne durait, jamais, en dehors de notre entente idéale. Nos amants superficiels ne parvenaient pas à supporter nos interactions régulières qu'ils voyaient d'un mauvais œil et comme une source trop probable de conflits. Ils se détachaient toujours d'eux-mêmes avant que notre exigence les chassât. Ce n'était jamais qu'une question de quelques semaines, au grand maximum.

Nous entrâmes dans le restaurant où une serveuse en costume traditionnel nous accueillit et nous indiqua une table de quatre sur laquelle elle retira aussitôt les baguettes posées sur un caillou gris. Jonathan ne tarda pas à se joindre à nous. Hésitant et bedonnant, il s'assit à côté de Delphine et reprit son souffle perdu lors de son trajet à vélo. Il s'était fait pousser une longue barbe hirsute et portait un chapeau à petits bords ainsi que des lunettes de soleil dont les verres étaient emprisonnés par d'épaisses montures. On aurait dit le fils des ZZ Top. Lors de sa découverte de l'entreprise, cinq ans auparavant, Jonathan avait développé une allergie aux procédures rangées et itératives du monde du travail auxquelles ses études l'avaient mené. Il avait donc décidé, par rejet intégral, ou par rebond incontrôlable, de se consacrer entièrement à sa musique, une mixture déglinguée de blues, de heavy metal, de rock progressif et de grunge qui trouvait un écho très relatif chez un public de trentenaires barbus et ventripotents, non sans avoir obtenu laborieusement son diplôme, comme il nous le répétait assez souvent, de *master in business*.

Il vivait depuis deux ans de petits boulots annexes et de petites premières parties données pour de petits artistes dans de petites salles. Une petite existence qui n'émoussait pas sa hargne et sa confiance absolue dans sa musique, malheureusement pour lui tout aussi petite. Delphine et moi n'avons jamais eu le courage de lui avouer ce que nous pensions réellement de ses compositions, préférant le soutenir plutôt que de briser ses illusions. Nous croyions qu'il traversait juste une passade, une crise retardée d'adolescence, certes plutôt longue, et qu'il retrouverait un semblant de sérieux une fois que son manque de reconnaissance lui aurait fait ouvrir les yeux sur son évident manque de talent. Le soutenir m'était d'autant plus difficile que la musique était un des plaisirs les plus réconfortants que je m'offrais, en concert ou grassement installé chez moi à parcourir le livret d'un album pendant qu'il tournait dans la platine. Mes étagères étaient remplies de milliers de vinyles d'époque et de CDs dont l'ensemble des contenus compressés en MP3 pouvaient rentrer dans un disque dur de cinq cents giga octets. J'y pensais souvent lorsqu'il fallait déplacer des centaines de références pour faire place à un nouvel achat et respecter le classement alphabétique.

Pour l'heure, Jonathan s'autoproclamait artiste avant-gardiste et cela impliquait directement pour ses deux confidents de supporter ses séances de répétitions, ses nouvelles idées de morceaux partagés en avant-première et ses concerts dont nous composions souvent près de la moitié du public. Le groupe de neuf musiciens que Jonathan était parvenu à rallier à sa cause, ramassis d'âmes perdues encore moins douées que leur leader, avait la particularité d'être numériquement plus pourvu que les gens pour lesquels il jouait. Trois percussionnistes martelaient cloches, bodhráin, claves, vibraphones, tambourins et autres instruments non-identifiés dans un fond sonore cacophonique. Ces musiciens-là, particulièrement, faisaient l'objet d'une liste sans fin de moqueries entre Delphine et moi. Durant l'heure que duraient les concerts, nous ne nous raccrochions qu'à cette collusion tant la musique de cette troupe d'oiseaux rares était désolante, bruitiste et creuse.

L'épreuve la plus difficile, toutefois, nous menaçait à chaque fin de représentation, lorsque nous devions feindre, devant l'ensemble de cet agglutinement d'artistes ratés, l'assouvissement que les Bad Motor Oil (puisqu'il faut bien les nommer) nous avaient procuré. Quand Jonathan ne se complaisait pas dans une période musicale compulsive, il faisait preuve d'une grande compassion et d'une disponibilité hors-normes. Sa générosité et son sens moral très strict en faisaient quelqu'un sur qui on pouvait compter. Son humour et son aplomb, quelqu'un avec qui on pouvait se distraire, en toute désinvolture.

Affamés de détails et de sashimis, Delphine et Jonathan se relayèrent pour me questionner sur la rencontre qu'ils avaient crainte, par leur sens généreux d'empathie, au moins autant que moi. Cuisiné comme un homme politique par deux journalistes de presse écrite, relancé, jugé puis alternativement soutenu et ébranlé dans un numéro de bon et mauvais flics, je rentrai dans les moindres détails de ce que j'avais vécu, livrai en pâture mes perceptions. Je me mettais à nu, exactement comme eux lorsqu'ils avaient besoin de mon avis extérieur sur leur travail, leur famille, leurs amours, leur religion, leurs appréhensions, leurs tracas. La pudeur avait disparu entre nous. Seule l'envie de déraciner nos problèmes prévalait. Cette fois-là, je leur proposai une énigme insoluble où leurs éclaircissements et interprétations ne pourraient me secourir. Il était déjà trop tard.

Leurs positions divergeaient mais s'accordaient sur le fait que je n'avais pas livré chez ma belle famille mon meilleur fait d'armes. J'étais surtout concerné par ce voyage prochain à Corfou. Comment négocier un séjour de dix jours si une seule soirée se passait si atrocement ? Jonathan, conscient de ma léthargie exaspérante, tenta de me remuer :

— Pourquoi tu t'es fourré là-dedans, aussi ? Tu n'as cherché qu'à partir durant tout le repas et tu signes pour une campagne retour sans réfléchir et surtout sans refuser...

— Je préfère affronter le problème d'entrée de jeu plutôt que de le repousser à plus tard. Quoi que je fasse maintenant, la mère fait partie de l'équation.

— Tu n'aurais pas dû la laisser rentrer dans les paramètres, Louis ! Tu lui as ouvert la porte et tu l'as laissée entrer en la lui tenant ! Ou alors, la rencontrer, oui, mais montrer que t'as quelque chose dans le ventre ! Là, tu passes pour une vraie lavette sans la moindre force de caractère. Moi je suis une fille et je vois un truc comme ça, je me tire. Et apparemment, Lena doit être en train de se poser la même question.

Je blêmis puis pivotai ma tête péniblement vers Delphine, l'implorant. Elle recouvrit ma main de la sienne et essaya de me consoler :

— Ne t'en fais pas. Jonathan exagère. Lena et toi, vous ne saviez pas trop ce qui allait vous tomber sur la tête. Parlez-en et ça ira. Profite du voyage pour donner une meilleure image de toi auprès de toute la famille.

— Donc toi aussi tu trouves que j'ai été catastrophique hier ?

— Disons que tu n'as sans doute pas pris le meilleur départ possible... ça, c'est sûr. Mais t'as dix jours en petit comité pour redresser la barre. Un peu de poigne, de virilité et d'indépendance, c'est tout ce qu'il te faut ! Il faut que tu arrêtes d'idéaliser Lena. On dirait que t'as peur de faire le moindre pas de travers quand tu te retrouves avec elle. Et du coup, bah tu fais rien ! Tu deviens transparent ! Vous n'êtes plus au stade où vous vous regardez faire du vélo en applaudissant émerveillés dès que l'un de vous garde l'équilibre ! Ca va bientôt faire un an que vous êtes ensemble, il serait peut-être temps que tu agisses en conséquence.

La vigueur de ses propos me redonna quelques couleurs.

— Et elle, alors ?

— Montre l'exemple et elle suivra.

— Delphine n'a pas tort, intervint Jonathan, aspirant bruyamment une tranche de thon rouge. Assume ton rôle. Évite de faire comme avec Laetitia. Tu te rappelles comment cette histoire s'est terminée...

Laetitia était une de ces filles que j'avais fréquentées pour ne pas laisser Delphine seule en couple. Jonathan, depuis le moment où il l'avait rencontrée, avait toujours soutenu qu'il s'agissait de la femme de ma vie. Ce qui explique sans doute pourquoi il s'est senti obligé de coucher avec elle lorsqu'il a vu que cela commençait à tourner mal entre nous.

— Oui. Tu te l'es tapée, c'est ça ?

— C'est pas l'objet de ma remarque... Tu le sais bien.

Ayant fini ses sashimis, il attaqua son bol de riz, aspergé fébrilement d'une sauce soja noirâtre salissant le blanc neige des grains.

Il avait raison, pourtant.

* * *

J'allais connaître Laetitia alors qu'elle marchait quelques pas devant moi, dans l'anonymat des piétons d'une ruelle. En équilibre précaire sur des escarpins fins comme des brindilles et aussi hauts que les sept tomes d'*À La Recherche du temps perdu*, elle se déhanchait à droite, à gauche, à droite, à gauche, à droite, à gauche... Je la suivis quelques instants, attiré dans son sillage sans sentir son magnétisme. Ses formes ajustées, fendues symétriquement par de la lingerie dentelée dont je percevais la marque aguicheuse contre le tissu, m'hypnotisèrent ainsi jusqu'à ce qu'elle tombât d'un bloc en arrière, un de ses talons ayant brutalement cédé sous l'effet conjugué du poids et de son élan.

Accompagnant sa chute d'un cri aigu de surprise où il est fort possible qu'elle ait juré, elle s'étala sur le dos mais parvint à amortir le choc avec la paume de sa main droite. Je découvris alors son visage mat et sa longue chevelure fauve qui irradiait les alentours tels les rayons d'un soleil brun. La chaussure fautive était allée valdinguer trois mètres plus loin et sa jupe avait profité des circonstances pour remonter nettement au-dessus de ses genoux de manière quelque peu indécente. Elle avait évité de se cogner la tête contre les pavés disjoints de la rue piétonne mais pas la flaque d'eau où trempaient désormais son postérieur et le bas de son dos, pour rajouter à l'humiliation. Elle gisait là, fauchée en pleine action.

En me baissant pour vérifier qu'elle ne s'était pas fait mal, j'aperçus le nom du restaurant devant lequel toute cette scène se produisit. La Peau de Banane. Rires intérieurs. Elle capta mon sourire et, après avoir tourné elle aussi la tête en direction du restaurant, pouffa du nez, par une de ces expirations brèves pleines d'ironie. Nous échangeâmes quelques mots qui me rassurèrent sur ses éventuelles blessures avant que je n'aille récupérer son soulier. Le talon avait été sectionné net à mi-hauteur. La culbute était inévitable. Laetitia pestait, sans perdre son sens de l'humour, contre la mauvaise qualité de fabrication de la chaussure achetée la veille spécifiquement pour le salon professionnel duquel elle rentrait. C'est drôle cette façon que nous avons de désigner un responsable même dans les hasards les plus imprévisibles. Ce réflexe la soulagea car, une fois que les veines de son front s'étaient gonflées de colère, sa figure se délia. Il se créa immédiatement une connivence entre elle et moi comme si sa chute avait catalysé notre destin commun.

Je l'aidai à se relever. Un pied à terre et l'autre encore prisonnier de son affriolant carcan qui lui affinait

85

le mollet par une tension extrême, elle remit en place son ensemble de vêtements noirs. Ils moulaient son corps fin et gracieux. Le ton sombre de sa tenue aurait fait ressortir chez d'autres un teint sépulcral ; chez elle, il s'harmonisait à la blancheur porcelainière de ses dents, à sa peau cuivrée par un hâle permanent, à ses yeux vert pomme, à son collier de perles bleues électriques, à son caractère rouge vif. Seul le noir pouvait tempérer autant de vitalité colorée.

Elle brossa du revers de la main la saleté mouillée qui collait sur son fessier, que j'avais examiné sous tous les angles, et le long de ses collants en grosse laine. Elle sortit de son sac une paire de ballerines pourpres, tranchant avec sa tenue monochromatique, les enfila et courut jeter ses escarpins en cuir verni dans une poubelle jaune réservée au recyclage, sans paraître les regretter un seul instant. Elle revint vers moi, une bonne douzaine de centimètres plus petite, révélant un sourire candide et un charme innocent. La cadence souple de ses mouvements rappelait une gymnaste se préparant à l'exécution de ses figures dans un coin du praticable. En se chaussant de manière à ne plus contraindre sa foulée habile, Laetitia dégageait un grand tonus insoupçonné chez cette femme qui correspondait jusqu'ici au poncif de la jeune *working girl*, chemise à élastiques sous le bras et idées arrêtées dans la tête.

Pour me remercier, elle me pressa pour que nous allions boire un verre à La Peau de Banane, après avoir salué à son tour la coïncidence amusante de cet épilogue. Elle sauta sur cette occasion pour se retirer aux toilettes. Elle réapparut cinq minutes plus tard pimpante et chic, les cheveux enroulés dans une épaisse tresse portée sur le côté, et passa la demi-heure suivante à siroter un jus de mangue en multipliant à mon égard les questions, les confidences et surtout les avances tactiles. Le choc avait dû être plus rude que je ne l'avais cru. Aucun argument valable ne pouvait expliquer comment ces cent soixante centimètres de concentré sexuel s'intéressaient tout à coup à quelqu'un de mon genre. L'expression « tomber sur la tête » avait peut-être été inventée dans un contexte similaire. Elle me forçait la main et me poussait à saisir ma chance, en complet opportuniste : nous nous reverrions pour dîner le samedi suivant. Une demi-heure plus tard, je recevrais un SMS : « Le restaurant La Peau De Banane pourrait-il se renommer Le Coup De Foudre pour mieux qualifier notre saynète de rue ? L. »

Laetitia avait voulu aller dans un restaurant branché attenant à un hôtel du quartier des Champs-Elysées. Je la rejoignis avec dix minutes de retard. Elle était déjà assise sur une banquette et patientait avec un Cosmopolitan dont la couleur se mariait admirablement à son rouge à lèvres. Un mur floral de vingt-cinq mètres abritant, selon un panneau à son pied, plus de deux cents espèces végétales dominait notre table et venait justifier les prix des plats et des consommations multipliés par deux par rapport à un établissement de même standing mais non doté de jardin vertical. Laetitia saluait le personnel, lorsque leur ballet élégant les amenait près de nous, et même certains clients, hommes d'affaires assis seuls à leur table, d'un bref levé de verre allié à un clin d'œil comme si elle les voyait tous les soirs. Pouvait-elle être une prostituée ?

Je ne comptais pas sur nos conversations, pleines de sous-entendus de sa part, pour m'ôter ce doute tandis que je buvais à petites gorgées un Brandy Alexander. Éclairés par des chandeliers en verre de Murano propices à des chatoiements des plus romantiques, nous parcourions la carte des plats et choisissions parmi une offre appétissante ce que nous allions partager quelques minutes plus tard dans une large assiette de porcelaine décorée de ferronneries andalouses. Une fois clos le débat sur les vins qui accompagneraient nos mets, Laetitia continua sur sa lancée, spontanée et directe, de La Peau de Banane. Elle glissa un pied hors de la table.

— Regarde, j'ai mis des chaussures avec un talon plus épais ! Aucun risque qu'il ne se brise, cette fois. Et sinon, tu seras là pour me venir en aide !

Elle avait pris ma main dans la sienne pour souligner son intention puis but voluptueusement une gorgée de Cloudy Bay sans, à aucun moment, détacher son attention de moi. S'il n'y avait eu quelque sensibilité au fond de son regard, je l'aurais soupçonnée de vouloir envoyer des lasers en direction de ma boîte crânienne par sa force mentale. J'avais été habitué à me familiariser, parfois des semaines durant, aux quelques filles que je fréquentais avant de commencer, par excès de cérébralisme et manque de vaillance, à envisager avec elles le début d'une esquisse d'ébauche d'amorce de comportement masculin primaire. Je n'en étais pas encore là avec Laetitia et son attitude animale m'effrayait presque autant que son physique me subjuguait. J'espérais donc qu'elle réponde à mes sourires crispés, seule expression, à défaut de mots, que m'inspiraient ses postures lascives, par un changement de sujet, moins chargé en libido.

— Je ne comprends pas comment des femmes choisissent encore, en connaissance de cause, de ne pas porter de strings. Pourtant, moi, je n'ai pas commencé à en porter très tôt… Mais depuis que j'ai essayé, je n'ai jamais arrêté ! J'en ai de toutes les couleurs mais je préfère ceux en dentelle pourpre, ça va mieux avec mon tempérament et puis…

S'il était arrivé, ne serait-ce que cinq secondes plus tard, le serveur aurait été impuissant face à ma perte totale de composition devant ces paroles. Au lieu de cela, il coupa Laetitia dans sa dissertation sur les sous-vêtements et me permit de reprendre contenance. Cette fois, c'était sûr : j'allais devoir débourser pour le privilège de cette soirée. Personne ne parle comme ça, gratuitement ! Personne ne *me* parle comme ça, *gratuitement !* D'un autre côté, je n'avais jamais abordé aucune fille au hasard dans la rue, sinon pour la secourir, encore moins parce qu'elle m'attirait. Je mettais les actions de Laetitia sur le compte d'un retour sur investissement de karma ultra fructueux. Taux de rendement global : 80 % sur un an, minimum.

Visiblement apaisée par l'assiette provençale qui séparait désormais la table, dans le sens de la largeur, entre nos deux moitiés de terrain respectives, Laetitia changea de tactique et devint plus conventionnelle. Elle me questionna sur mon âge, mes hobbys, mais aussi sur mes études et ma famille. Paresseusement, dans un dialogue stérile et téléphoné, je lui renvoyai la balle, entamai la bouteille et synthétisai ses réponses. Vingt-trois ans, le shopping, contrôleuse de gestion et fille unique n'ayant jamais connu son père. J'avais beau tordre mon cerveau dans tous les sens, l'essorer et le remodeler, il m'était impossible de l'imaginer en train de superviser des comptables. Ça me semblait aussi improbable que de la voir travailler dans un service de support informatique. Puis, alors que le serveur au timing impeccable débarrassait notre entrée, elle me demanda comment j'occupais mon quotidien lorsque je n'étais pas en train d'aider de charmantes jeunes filles à se relever dans les flaques d'eau.

— Pourquoi ? Mes gestes ne te paraissaient pas suffisamment professionnels pour que ce soit mon véritable métier ?

Elle répondit à mon sourire assorti à cette inattendue répartie par un rire sec, court et puissant semblable à l'impact d'une hâche de bûcheron dans un tronc d'arbre. L'alcool devait commencer à me dégourdir les neurones. Je resservis nos verres.

— Voyons, Louis, tu n'es pas assez entreprenant pour être un vrai professionnel... *(embrasement des prunelles)*

— Tu ne dois pas correspondre à mon genre de femmes... *(craintive gorgée de vin)*

— Je suis du genre à transcender les genres... Quoi qu'il en soit, tu apprendras à me connaître. Sans doute à tes dépens, d'ailleurs. Car, vois-tu, je suis comme cette tapenade... irrésistible ! *(léger bruissement à l'ingurgitation du toast suivi d'un gémissement étouffé)*

— Et cette drôle d'instabilité quand tu te ballades dans la rue, elle fait aussi partie de ta transcendance des genres ? *(grosse gorgée de vin, haussement de sourcils interrogatif à la Jean Dujardin)*

— Tout est calculé. Ce n'est pas par hasard si je suis contrôleuse de gestion. Donc si je suis tombée à cet endroit, ce jour là, devant toi, dis toi bien que c'est uniquement parce que je l'ai voulu. *(elle vide son verre d'un coup en basculant son cou d'un mouvement mécanique et attend le ravitaillement imminent du serveur avec une bouteille de Pinot Noir Dalwhinnie)*

— Tomber pour obtenir quelque chose : voilà qui doit finir par être douloureux pour peu que l'on ait suffisamment d'envies... (*la hardiesse libératrice fournie par ce vin pousse à s'y replonger de plus belle, signe de la main au serveur*)

— Différents moyens pour différents effets, voyons ! (*je sentis son pied se coller à la base de mon mollet et remonter tout son long*)

Cette fois-ci, le serveur ne m'aidait pas en interrompant notre échange. Poussés par l'escalade de notre conversation et une pulsion physique que l'ivresse fouettait, nous engloutîmes chacun de notre côté notre filet de flétan et notre suprême de volaille, leurs garnitures, et sans avoir pris le temps de contempler avec gourmandise la carte des desserts, nous avions déguerpi. Par bonheur, une autre gourmandise, brûlant les calories, et non les fournissant, nous attendait.

Laetitia habitait non loin – ce qui expliquait son insistance pour dîner dans le quartier, diablesse calculatrice ! – dans un studio minuscule de la rue de Ponthieu. L'alcool qui avait été mon plus fidèle allié pour dénouer ma verve se retournait maintenant contre moi et atrophiait mes mouvements en les rendant paralytiques. Ma mémoire n'enregistrait plus que par concis fragments la filiation des événements qui m'amenèrent sur un matelas étriqué posé à même le sol. Rien dans l'appartement, sporadiquement meublé et vaguement rangé au gré des humeurs par couches successives, ne correspondait à la sophistication coquette de Laetitia. Elle semblait s'être égarée chez une étudiante dont les activités scolaires la tenaient éloignée de son domicile la majeure partie des journées.

Mon hôtesse m'avait laissé seul. Elle s'était sans doute effacée derrière une des deux portes qui me faisaient face. Sur la poignée de l'une d'elles, un sac-plastique orange Monoprix pendait en guise de poubelle. Le faible éclairage du lieu, ma position allongée et la nébuleuse de coton tissée dans ma tête par de trop nombreux verres m'entraînaient vers l'endormissement quand tout à coup Laetitia bondit de la kitchenette, en soutien-gorge. Dans sa main une bouteille de champagne qu'elle avait dû sabrer sans que je ne l'entende, dans l'autre deux flûtes dont les pieds se croisaient dans sa prise pour former un X fatal. Dans cette pose soumise, je ne pouvais rien lui refuser. Je me délectai même d'être arrivé, sans trop savoir comment, dans une situation que mon imagination aurait pu fantasmer. La voir se concrétiser réellement allait en revanche au-delà de la portée des fictions que j'aurais pu inventer. Je hissai religieusement la flûte pétillante qu'elle tendit à mes lèvres, biberonnai son contenu en quelques lichées puis, comme dérobé à moi-même, me laissai emporter par l'audace déraisonnable de Laetitia. Le spectre de la nuit nous couvrit.

Je me réveillai, des douleurs dans tous les membres, aux premières lueurs d'un soleil qui emplissait la pièce de son aveuglante nuisance. L'ensemble de la partie droite de mon corps, engourdie

93

à l'extrême, ne répondait plus. Je devinai alors, sans parvenir à la percevoir nettement, la carcasse nue de Laetitia blottie contre la mienne et qui était certainement restée ainsi pendant plusieurs heures. Les vêtements que nous avions portés étaient disséminés au hasard dans l'incohérence de la pièce et rajoutaient leur propre touche au souk ambiant. Une bouteille de champagne gisait inerte sur la jupe de Laetitia. Une autre, pas tout à fait vidée, restait droite, enveloppée du soutien-gorge, une des ultimes visions limpides de la veille. J'en distinguai une troisième sous ma veste reposant par terre dans une position désarticulée.

Mon crâne, évidemment, était endolori par les mélanges de notre beuverie. Ma tête, aussi ankylosée que le bras sur lequel Laetitia avait dormi, ne me rassurait pas sur la quantité de liquides ingurgités... Je me souvins alors subitement d'un article scientifique expliquant que l'intensité de la gueule de bois serait directement corrélée à la dose de méthanol absorbé. Étrangement, sous l'action combinée des enzymes du foie, l'alcool pur se transformerait en acétaldéhyde puis en acide acétique alors que dans le même temps le méthanol deviendrait du formaldéhyde puis de l'acide formique, substance potentiellement toxique pour l'homme. Se saouler à l'éthanol à quatre-vingt-dix degrés aurait donc théoriquement moins de répercussions négatives sur le mal de tête que de boire une quantité d'alcool équivalente avec uniquement du ti' punch, le rhum de mauvaise qualité ayant généralement de forts résidus de méthanol ! C'est au milieu de ces pensées d'un romantisme fou, issues de travaux de recherche de scientifiques américains expérimentant avec des bouteilles de liqueurs, que je sentis Laetitia bouger, s'enrouler plus près encore de moi, entrouvrir les yeux puis la bouche.

Elle répandit une haleine fétide, sans doute comparable à la mienne, et m'embrassa sur la joue comme dans un élan dicté par l'habitude matinale. Une odeur et un sentiment malsains ondoyaient autour de nous et nous en étions coupables. Si en pleine nuit le vice et la séduction s'amalgamaient, l'aube et le jour étincelant projetaient un jugement accusateur sur nos actes. J'étais sale, moralement, physiquement, mentalement. Laetitia paraissait pour sa part rassérénée, son visage d'une douceur extraordinaire, sûrement parce qu'elle se forçait à retarder le moment où la réalité du jour reprendrait le dessus.

Les draps nous découvraient et, par des coups d'œil timides de voyeur, j'observais cette jeune femme dont j'avais perdu tout souvenir charnel lors de notre évanouissement lubrique. Quelques mouvements de tête agités et désordonnés prouvaient qu'elle était encore profondément endormie et certainement inconsciente du déroulé exact de nos actions libidineuses. Dans une aimante posture de repos où mon épaule lui servait d'oreiller et mon torse de reposoir, elle tendait les courbes affûtées de son galbe et conférait à son corps des effets de relief électrisants. Nos jambes, entrecroisées, étaient couchées là, sans vie apparente. Ses seins potelés et fermes, en se comprimant sur ma poitrine en fonction de sa respiration rythmée, éveillaient en moi le désir de la posséder.

J'effleurai sa peau brune, sans trop appuyer pour ne pas la caresser lourdement mais sans éviter le contact au point qu'elle ne sentît rien. Un fin duvet de poils se levait dans ma paume et suivait le trajet de mes doigts comme par respect devant ces caresses que je répétais sur sa nuque et son bras avant de descendre sur sa hanche et ses fesses, là où la chair devenait de plus en plus sensible. Un frisson la parcourut et son étreinte se renforça. Je l'examinai avec une forme déplacée d'orgueil lorsqu'elle émergea rudement des tréfonds de sa léthargie. En un instant, par une saccade soudaine, son expression était passée de la quiétude clémente à la contraction horrifiée. Ses yeux viscéralement exorbités me fixaient sans oser un clignement et il lui fallut un moment pour les relâcher et traiter les informations lui montant au cerveau.

Dans un long et las gémissement de douleur, elle se retourna, se couvrit avec un drap et se dégagea du lit pour rejoindre la salle de bains, qu'elle ferma à clef. Livré à moi-même, je m'assoupis seulement pour être réveillé par Laetitia, déjà douchée, habillée et maquillée. Alors que mon crâne amplifiait encore le moindre son et me faisait terriblement souffrir, elle était pimpante, chic et survoltée. Comme je l'avais laissée en m'endormant après être parti à son assaut. Son attitude fringante nous évitait l'inconfort des matins où nous nous demandons si l'histoire est ou non sans lendemain. L'évidence dictait nos conduites.

Durant les semaines qui suivirent, nous nous fréquentâmes régulièrement. La passion soudaine et accidentelle ne mûrissait guère en des rapports ordinaires. La dévotion que me manifestait Laetitia m'étonnait toujours et ne se tarissait jamais. Elle dictait son jeu et je le subissais, heureux d'être le jouet d'une si exquise créature aux intentions si dévergondées. Je me laissais gagner par l'hédonisme sans rien attendre, sans donner en retour autre chose que les réponses qu'elle semblait vouloir entendre. La simplicité de nos rendez-vous, prétextes préalables à des sauts de carpe chez elle, chez moi, dans les toilettes d'un théâtre (« un acte par acte » était devenu notre devise et la raison de notre fidélité soudaine aux salles parisiennes), dans la cage d'escalier, dans les chemins verdoyants d'un bois à l'aube d'un dimanche d'été... Nous évoluions sans attache, avec l'insouciance bohème des relations superficielles qui enveloppent leurs protagonistes d'un invisible halo, ce *je ne sais quoi* américain, et les rendent irrésistibles auprès du sexe opposé.

Dès le début, par son comportement abrasif et son statut à peine caché de femme fatale, Laetitia était plus proche de l'amante que de l'épouse. Nos interactions concupiscentes ne me l'avaient jamais fait envisager autrement. Cela changea lorsqu'elle évoqua à brûle-pourpoint la possibilité pour nous d'habiter ensemble et de construire quelque chose de plus tangible que nos longs apartés sexuels. Elle m'avait invité à passer le week-end à Barcelone pour me sonder sur cette avance et m'avait bien entendu mis dans les meilleures dispositions pour que j'approuve sa proposition. Cette déclaration mettait fin à la période de fougue qui rendait cette fille si séduisante. J'agis donc comme n'importe quel homme devant une responsabilité nouvelle et inopinée : en décampant au plus vite.

Je ne la revis que pour mettre un terme officiel à nos quelques mois de batifolages en prétextant des excuses fumeuses et nullement crédibles. Loin d'être dupe de ce stratagème, elle s'en prenait à moi comme si je lui avais fait perdre un temps précieux dans sa prime jeunesse. Je ne sus dire si sa colère ou sa déception était la plus forte, lorsqu'elle agitait bras et cheveux en me regardant de travers, sourcils en V. En l'état, j'incarnais le défouloir de son mépris. Sa vengeance en couchant avec Jonathan et en me le faisant savoir, ultime signe de vie de sa part, était un juste retour des choses qui me donnait encore matière à regrets aujourd'hui.

* * *

Je repartis chez Advencia, en évitant de penser immodérément à cette sortie de piste sentimentale. L'histoire ne pouvait pas se répéter ! Je saurais faire illusion de maturité à défaut d'en avoir !

Delphine et Jonathan prirent chacun leur chemin, Delphine avec la ténacité cartésienne de la chef d'entreprise qu'elle était devenue après un bref rodage intensif dans les boîtes les plus prestigieuses et Jonathan avec le relâchement décontracté d'un musicien non tenu par des horaires fixes, seul trait de caractère qu'il avait correctement décalqué sur le monde artistique. En descendant la rue Lauriston pour rejoindre la place Charles-de-Gaulle, mes pensées revenaient immanquablement sur ma préoccupation du moment. Lena n'avait toujours pas cherché à me joindre. Combien de temps resterait-on comme cela dans cet entre-deux de non-dits ?

Ayant rejoint l'avenue Kléber, je distinguai non loin le fourmillement intempestif des voitures, des bus, des camions, des scooters, des motos et même des vélos qui se frayaient un chemin dans le chaos de l'ancienne place de l'Étoile. L'absence de feux de signalisation pour réguler un trafic torrentiel déversé sans ménagement par douze avenues massives était déroutante. Les touristes étrangers qui découvraient la capitale avec une voiture de location en passant par ce colossal rond point erraient anxieusement parmi les conducteurs parisiens aguerris dont les coups de klaxon, d'accélération, de frein et de gueule rythmaient les passages en force.

Pris dans les bouffées de la chaleur estivale, je me sentais aussi apathique qu'un élève d'auto-école passant son premier cours au milieu de ce marasme de tôles roulantes. Sans sursaut de ma part, je pourrais m'éterniser à tourner en rond, sans jamais avoir le cran suffisant pour m'imposer, obliquer et prendre une des sorties. Un Sisyphe au volant d'une Renault. J'aperçus une voiture en panne d'essence dont les occupants gigotaient, près de l'Arc de Triomphe, exactement en face de l'avenue Foch. Personne ne leur vint en aide, personne ne s'en soucia. Ils avaient été éjectés de la piste et c'en était fini pour eux. Hors course, hors service, ils paraissaient hors d'état de vivre. Ils avaient renoncé. Tout le monde les débordait agilement, tout le monde s'agitait pour ne pas se sentir sombrer dans la détresse.

VII

Il s'arrêta dans le village de Diakofto. La mi-journée approchant, il ne pouvait plus rester sur la route où l'horizon, mélange confus de tremblements d'air et de reflets d'eau dus à la chaleur, le condamnait à l'inaction. Sur la place du village, il entra dans le bar Mon Amour et commanda un ouzo. Il observait la couleur du liquide changer tandis que le serveur le versait dans un verre farci de glaçons bulbeux.

En revenant à mon bureau, situé pauvrement dans le grenier aménagé d'un immeuble partagé par plusieurs sociétés, j'étais bien décidé à ne pas me laisser dompter par mes élucubrations du matin. Bien décidé également à ne pas employer mon regain d'énergie à l'avancement de mes laborieuses missions. Entre le confort du bureau individuel et l'open space se trouvait la pièce où je m'installais. Quatre autres collègues avaient hérité avec moi de ces quelques mètres carrés où nous perdions notre temps à optimiser des plans comptables et fiscaux, à juger de l'intérêt de projets d'investissement, à développer des synergies sur des portefeuilles de participation, à évaluer les risques inhérents à toutes ces opérations et à les mettre en valeur dans des présentations synthétiques et commerciales. Trois de mes acolytes étaient partis pour la journée chez leurs clients, certainement en train de palier les tâches non désirables que ceux-là avaient souhaité externaliser et de poser les bases de leurs nocturnes à venir. Mes responsables, absents eux aussi, laissaient leurs deux bureaux, dont les portes restaient ouvertes, vides. Seul Olivier s'escrimait à toute vitesse sur son clavier d'ordinateur en fixant son écran avec ses gros yeux injectés d'une frénésie résultant d'un excès de tension et de stress. Dans le silence austère de notre sanctuaire capitaliste, jonché de cartons remplis de PowerPoint accumulés depuis des mois, il n'y avait que ses cliquetis, réguliers et rapides, qui perturbaient une ambiance de plomb. Il n'avait même pas remarqué mon arrivée.

Olivier, vingt et un ans, avait rejoint notre équipe comme stagiaire deux semaines auparavant. Je l'avais immédiatement détesté. Peut-être était-ce dû à sa raie gominée sur le côté ou à sa manie de porter des bretelles pour tenir ses pantalons de costumes noirs dont les seules fantaisies étaient de fines rayures blanches (et encore, uniquement le vendredi). Plus vraisemblablement, son application outrancière dans la moindre tâche qu'on lui confiait m'avait irrité avant même la fin des premières quarante-huit heures en sa compagnie. Olivier était l'archétype du carriériste. Pourtant, sa carrière n'avait pas commencé et lui était persuadé que si. Il acceptait un stage chez Advencia, ce qui correspondait à des mois de sacrifices personnels, pour des photocopies, des relectures exhaustives de dossiers, des vérifications fastidieuses de calculs comptables, des livraisons de déjeuners à ses supérieurs (c'est-à-dire tout le monde), dans l'espoir de se montrer digne de la confiance des dirigeants de la boîte et décrocher une embauche, généralement en CDD. En deux semaines, Olivier avait déjà tout enduré, avait passé plus de temps sur sa chaise aux accoudoirs ajustés à deux hauteurs inégales que chez lui, mais il ne bronchait pas. Il semblait même y trouver un certain plaisir, à peine conscient de vivre un bizutage qui aurait dû révolter toute personne dont la conscience ne sommeille pas en veilleuse.

Mais Olivier avait bien intégré les règles du jeu et se sentait prêt à mettre de côté toute dignité dans l'espoir d'un jour prendre sa revanche du haut d'une fonction où son autorité s'abattrait sur tous, sans distinction. Il avait quelque chose de ténébreux derrière ses lunettes circulaires et ses cravates striées. Une idée derrière la tête qui cherchait à éclore. Il ne parlait que pour approuver ce qu'on lui disait, ne prenait jamais l'initiative de la conversation. On aurait dit qu'il s'était juré de prouver son absence totale de tempérament pour se rendre plus malléable et corvéable aux yeux des trois associés. Ce faisant, il s'était imposé comme la cible de choix de toutes les brimades et camouflets du service.

J'entrecoupai, désagréablement semblait-il, son fil de pensées en l'informant que je partais sur le champ pour une réunion interne. Ordinateur portable calé sous l'aisselle, je dévalai les escaliers deux par deux, un rictus félin s'accentuant imperceptiblement sur mon visage à mesure de la descente. Au rez-de-chaussée, tout au bout d'un étroit couloir allumé par de petites ampoules pendouillant au bout de fils comme des fruits opulents à l'extrémité de tiges chétives, sur une marche, trônait une porte blindée rouge accessible uniquement par un digicode, 10A87. À l'intérieur : Éric et son équipe, tous assis sur leurs chaises à roulettes et habillés en tenue de pompier. Ils m'accueillirent sans sourciller, dans un climat d'indolence passive. Responsable de la sécurité de l'immeuble, Éric siégeait au milieu de dizaines d'écrans de surveillance, un imposant trousseau de clés et plusieurs talkies-walkies à portée de main. Aucun détail de l'activité dans nos bureaux ne devait lui échapper. Bon vivant et d'humeur insouciante, il n'avait rien du préjugé selon lequel un responsable sécurité devait s'apparenter à un Bruce Willis bodybuildé dont les temps de réaction ne dépasseraient pas la seconde. Son physique de poche et sa tranquillité bonhomme le prédestinaient plutôt à une carrière de marchand de tabac ou de chef de cantine.

Pourtant il était là, à épier dans l'ombre nos moindres actions, à scruter, en une sorte de chasseur camouflé, une anomalie, à être à l'affût des diverses avaries techniques. Et depuis que nous avions sympathisé durant l'un des innombrables pots de départ qui parasitaient régulièrement nos agendas, nous aimions nous livrer à un plaisir que le dispositif technologique du Poste de Contrôle permettait. Action.

Une des caméras fixait en plein cadre le bureau d'Olivier. Il n'avait pas bougé d'un millimètre depuis que je l'avais quitté. Malgré le noir et blanc restrictif de l'écran, et sa résolution des plus basses, je ressentis l'agression visuelle de sa cravate jaune. Je secouai la tête avant de constater qu'Éric m'avait devancé dans ce signe de consternation. Un échange de clins d'œil et notre procédure s'enclenchait. Je décrochai le téléphone et composai l'extension de notre jeune proie, ravi par avance de ce qui suivrait.

— Olivier, c'est Louis. Apporte-moi immédiatement en salle du conseil la clé USB avec les bilans comptables détaillés de la holding La Compagnie du Cacao. Elle doit être juste à côté de ton bureau, sur le meuble de l'imprimante commune, avec un autocollant jaune et mes initiales marquées dessus. Dépêche-toi !

Après avoir ponctué chacune de mes phrases par de furtifs « oui » trahissant son impuissante soumission, il passa sur haut-parleur et s'élança avec une vivacité militaire à la recherche de mon support amovible qui, bien entendu, ne se trouvait pas à l'endroit indiqué puisqu'il était bien sagement dans la poche intérieure de ma veste. Il inspecta les alentours de l'imprimante puis de son bureau, examina quelques pots à crayons, en vida le contenu, avant de comprendre qu'il ne pouvait être là et de se laisser gagner par une stupeur raide. Ses hésitations piquaient son sentiment du devoir à accomplir. Éric et moi ne perdions pas un instant de ce one-man show en milieu professionnel et surtout pas lorsqu'il palpa le vide avec sa main à la recherche de la clé sous le placard à archives adjacent à son poste de travail. Nous sentions les gouttes de sueur perler sur nos fronts lorsqu'il se releva et anxieusement approcha ses lèvres du téléphone :

— Êtes-vous sûr de l'avoir laissée là ? Je ne la trouve pas...

— Évidemment que je suis sûr, pourquoi veux-tu que je te la demande autrement ?! Dépêche-toi, bon sang ! Tout le monde t'attend ! À côté de la grosse imprimante. Petit meuble. Autocollant jaune. Mes initiales. C'est pourtant pas compliqué !

— Oui... J'arrive...

Sans doute stimulé par mon discours aux résonances d'ultimatum, il partit à nouveau à la recherche du sésame. Chacun de ses mouvements initiés avec conviction, et pourtant voués immanquablement à l'échec, nous poussaient, Éric et moi, un peu plus loin encore dans ce qui avait escaladé en une crise de fou rire. Confortablement abrités par le mode « mise en attente » du téléphone et notre position omnisciente, nous étions des dieux en récréation avec notre chose. Olivier gesticulait, perdait patience et époumonait toute sa détermination, le tout rythmé par la cadence répétitive de la musique d'attente grésillant à travers le haut-parleur. Loin d'apprécier les notes pompeuses et échantillonnées de « La Symphonie du nouveau monde » d'Antonín Dvořák, et, toujours bredouille, il fut rappelé à l'ordre par mon ton péremptoire :

— Alors, ça vient ?!

— C'est que… Il n'y a rien du tout ici. Vous êtes sûr que… ?

— Vérifie derrière les meubles, tu as dû la faire tomber quelque part avec ta maladresse. Ne m'oblige pas à remonter pour ça ! Grouille-toi, maintenant, je suis avec les DG et on n'a pas que ça à faire de t'attendre !

Olivier, déjà engouffré dans la possible voie menant à la solution, se catapulta avec la hargne d'un sbire inféodé sur le meuble bas à côté de l'imprimante et explora méthodiquement les interstices à gauche et à droite. Toujours rien. Il marqua un temps d'arrêt, médusé, puis chercha une nouvelle branche à laquelle se raccrocher.

— Derrière, regarde derrière !

Cet ordre, qui s'était évadé involontairement de mes pensées, ne le surprit pas malgré sa singularité. Bien que de seulement un mètre cinquante de haut, le meuble était profond, massif et impossible à bouger par un homme seul. L'espace minuscule entre la planche arrière et le mur, difficilement accessible, constituait le dernier repli où pouvait avoir été mourir la clé. Olivier prit appui sur le caisson pour se hisser dessus. Éric se tapait sur les cuisses et essuyait une larme au coin de son œil devant ce sketch improvisé dont nous ignorions la limite. La caméra cachée dont j'avais été la victime près de la place de la Nation comptait maintenant parmi mes alliées. Ce souvenir, d'où surgissaient quelques élans revanchards, décuplait mon amusement actuel.

Notre automate s'était contorsionné pour arriver dans une position fœtale, recroquevillé sur ses genoux, eux-mêmes prenant appui sur le caisson. Il s'inclina à tâtons sur sa droite et peu à peu faufila ses cinq doigts dans les quinze centimètres d'intervalle, emportant certainement au passage des toiles d'araignée et des boulettes de poussière accumulées par des années sans nettoyage approfondi. Olivier n'atteignait pas le sol et fut contraint de se mettre à plat ventre sur le meuble, les jambes repliées à angle droit et flottant dans le vide. Son visage pressait de plus en plus fort le bois avec chaque centimètre qu'il essayait de gagner pour attraper un objet dont il ne paraissait pas douter de la présence. Sa main, pataude et engourdie rappelait les grappins des machines à peluches dans les fêtes foraines. Elles ne pinçaient généralement que de l'air mais leurs opérateurs ne perdaient jamais espoir de ramener quelque chose.

Au bout de son effort, en descendant encore le poing, il tira plus que de raison sur les coutures de sa veste déjà tendue à l'extrême. Les fils sous son aisselle lâchèrent simultanément tandis que nous nous tordions de rire de plus belle derrière le moniteur. L'équipe d'Éric, ameutée par cette bonne humeur exotique, nous avait rejoints et grossissait les rangs du public. Le visage d'Olivier peignait un pot-pourri de bouillonnement, d'irritation et de consternation tandis qu'il se relevait, enlevait sa veste et mesurait les dégâts. Il considérait, les bras tendus pour mieux en appréhender l'ampleur, le trou dans le tissu. Lorsque je fis irruption dans le bureau, il passait son bras gauche dans la manche intacte.

— Qu'est-ce que tu fabriques, planté là ? Ce n'est pas vraiment le moment de faire des essayages vestimentaires ! Je t'ai demandé de m'apporter la clé. Qu'est-ce qui n'est pas clair là-dedans ?

— C'est que…

— C'est que rien du tout ! En plus, elle est juste là, la clé !

Je fis glisser la clé USB de ma manche dans ma paume et, mimant un geste vers le caisson sur lequel Olivier s'arc-boutait quelques minutes auparavant, la révéla au pauvre stagiaire qui s'empourpra en balbutiant quelques onomatopées abstruses et s'écroula de honte. Il ne savait plus où se mettre.

— Tu crois que j'ai que ça à faire ? De quoi j'ai l'air moi avec les boss ? Bref, on en reparlera à mon retour. Je te conseille de mettre un peu plus d'application dans la relecture du PowerPoint pour l'offsite de la semaine prochaine si tu ne veux pas dégager avant même d'avoir l'occasion de le voir projeté.

Cloué sur place, interdit et avec un trou sous l'aisselle, il demeura là quelques instants. La même posture dans un couloir de métro lui aurait valu de régulières pièces de pitié. Là, même le vide semblait se moquer de lui. Mon sermon avait provoqué l'hilarité d'Éric et de sa bande qui m'applaudirent à mon retour dans leur bureau. Ma cote de popularité n'avait jamais été aussi haute depuis que j'avais commencé à tourmenter Olivier. Le petit personnel, mes collègues et même certains managers : tout le monde attendait son tour pour devenir mon auxiliaire dans ces canulars.

Le reste de l'après-midi chavira dans la banalité. Olivier, terrorisé, n'osa pas détourner son regard de son PC. Quant à moi, il m'était impossible de travailler sachant que la sentence de Lena pouvait s'abattre à n'importe quel moment ou que son détachement à mon égard pouvait se prolonger encore à l'infini. La moindre action, aussi insignifiante soit-elle, me reconduisait nécessairement, plus ou moins directement et avec une logique plus ou moins douteuse, à penser à elle.

- Ouvrir Internet Explorer → Consulter ses mails → Constater l'absence de messages de Lena

- Regarder par la fenêtre → Apercevoir des couples marchant main dans la main → Vouloir prendre celle de Lena

- Se rendre chez le kiné à six heures et demi pour soigner une tendinite → Entendre craquer de manière caractéristique l'articulation → Se souvenir que Lena, elle, me faisait craquer tout entier

- Rentrer chez soi en métro → Voir des affiches 4X3 pour des vacances à Corfou → Se représenter la résidence de la famille de Lena

- M'allonger dans le lit → Déborder doucement sur l'emplacement jouxtant le mien → Languir de l'enivrement de Lena

- Se doucher le matin → S'étonner de sa mine spectrale dans le miroir → En chercher la cause pendant un millième de seconde → Lena

- Croiser le dirigeant d'Advencia en arrivant avenue Kléber → Se rappeler son diplôme encadré dans l'axe de son bureau → L'ENA → Lena

Lena, Lena, Lena, toujours Lena. Il n'y avait pas d'issue.

Même plongé dans les abysses d'un coma, je serais parvenu à imaginer sa présence (Coma → Rêves → Femme dans mes rêves → Lena, femme de mes rêves). La mélasse temporelle dans laquelle je cafouillais transformait mon quotidien en insurmontables étapes d'interminables secondes régies par une mono-obsession. Frustration, ressentiment, scepticisme, dégoût de soi, rancune, hostilité, animosité : proche d'un état fiévreux, je m'empêtrais dans une nébuleuse de sensations négatives, passant de l'une à l'autre sans cohérence. Cela dura quatre jours, quatre jours d'abandons perpétuels et de ternes privations, au bout desquels l'écran de mon téléphone s'illumina enfin du nom de Lena. Dès notre première rencontre, j'avais programmé une sonnerie spécifique pour elle : « Don't Stop Believin' » de Journey. Ca sonnait comme quelque chose que sa mère aurait pu dire mais je n'avais jamais *stoppé* de *believer*.

C'était le moment de laisser les sentiments accumulés débouler et réclamer des comptes. Déterminé à faire valoir mon point de vue, je comptais saisir le moindre sous-entendu pour l'assaillir verbalement et exprimer ma colère. J'avais remâché les grandes lignes de mon discours pendant quatre jours et affichais la confiance d'un vendeur de porte-à-porte capable de réciter son *sales pitch* à l'endroit, à l'envers, par fragments ou en isolant les points clés. Juste avant que l'appel ne basculât sur messagerie, je décrochai, résolu à soigner mon entrée en matière.

— Allô ?

Alors qu'était attendue une saillie hyperbolique, les volontés les plus avisées et sagaces laissent parfois place, sous l'emprise de passions encombrantes, à un ridicule spectacle. Ce peureux et banal « allô », à peine articulé, condensé de dysboulie, résumait toutes mes affres à Lena, montrait l'état d'esprit que je voulais à tout prix escamoter. Au bout de quelques minutes, qui n'étaient en réalité certainement pas même deux pleines secondes, elle dit, avec tout le détachement qu'il était possible d'exprimer :

— Tu vas bien ?

S'ensuivit une discussion quelconque comme tous les couples en ont, chaque fois qu'ils se parlent, tous les jours à tous propos. Normalement, elle déboucherait sur une routine familière mais, là, tout différait. Nous étions entrés dans une phase d'observation comme les protagonistes d'un western de Sergio Leone. Un enjeu latent ruminait derrière un ascétisme de façade. Nous nous affrontions lors d'un duel qui, avant de verser le sang, étiolait la psychologie par l'intensité des regards. Il émanait une inquiétante tension de chacune de ses questions : « Je ne te dérange pas ? », « Ca se passe bien à ton travail ? », « Comment va Jonathan ? » Les amarantes blanches, en boule, tournoyaient autour de

113

nous, insufflant un semblant de mouvement et de dynamisme à la scène. J'endossais le rôle du héros ténébreux, avare de ses paroles, qui plissait les yeux comme un asiatique et préférait jouer de manière troublante avec le cure-dent dépassant négligemment de sa bouche. Le soleil, à son zénith, réduisait nos ombres à de minuscules macules noires resserrées sur elles-mêmes. La chaleur se combinait au stress pour enclencher une sudation croissante sous nos Stetson en feutre aux bords relevés. Il était midi, l'heure de rendre justice. Lena dégaina la première.

— Depuis que tu es venu chez moi, tout s'est accéléré... Même si ça fait déjà quelque temps qu'on est ensemble, quand tu es venu rencontrer ma mère, j'ai réalisé que tout était concret, authentique, établi. Que ce n'était pas qu'une passade qu'on étirait. Ça m'a effrayée... Et puis, après, le choc digéré, j'ai compris pourquoi je t'aimais. C'est sans doute ça qui me fait le plus peur. T'aimer autant, si fort, si déraisonnablement.

J'étais le personnage secondaire du film, terrassé d'une balle tirée avec précision par des réflexes supersoniques. Le ciel, d'abord, puis tout, s'obscurcit. Mon corps, tiré vers le sol, s'abattait de toute sa masse inerte. Mais cette mort, rassurante et lénitive, me libérait. Elle expurgeait la haine qui s'était développée lentement en moi, à mon insu, certes, mais avec mon consentement, et rendait dans le même temps l'emplacement vacant à l'amour. Lena restait debout, de côté et figée, le canon de son colt fumant dans sa main droite indiquant telle l'aiguille d'une boussole ma carcasse défaillante. S'il y avait eu un public, il l'aurait applaudi. Rien ne pouvait être ajouté. Tout était pardonné. Avec une confession placide, dont l'énonciation affirmée et juste la rendait immarcescible, elle avait annulé l'escalade de mes sentiments négatifs à son égard. Pire, je m'en voulais maintenant d'avoir pu même formuler tant de pensées brutales et impulsives. Ne pouvant les retirer, je leur préférais le silence, déférent et délivré. Comment rester fâché envers quelqu'un qui vous déclarait si hautement son amour ?

VIII

À trois heures, après avoir traîné avec des locaux et commenté autant que défendu, entre deux Metaxa frappés, la politique du gouvernement de Konstantínos Karamanlís, il reprit sa progression sur les sentiers pétris de poussière sèche débouchant tous sur des routes caillouteuses. Tout autour de lui, des forêts de pins alternaient avec des oliveraies, des monts pelés avec des plaines à la végétation hirsute. Et d'avance germait en lui un regret.

Nous avions fermé la parenthèse que Theodora avait ouverte sur notre vie et retrouvions l'agencement des journées que nous avions appris à adorer. Les disputes et les malentendus, entre deux personnes s'accordant si gracieusement, se digèrent sans mal et contribuent à l'intensité des rapprochements futurs. Nous vivions collés, andouilles simplettes que nous étions. Nous passions notre temps entre quatre murs, oubliant distractions et frivolités pour nous dédier à l'intimité de l'autre, faire jouir nos corps et ennoblir nos émotions. Les semaines se relayèrent pour ajuster notre bonheur. Si toutes mes afflictions m'avaient quitté, je détectais parfois sur le visage de Lena des expressions fuyantes, sans raison apparente. J'interpréterais ces prémices trop tard. Pour l'heure, elles n'étaient que des nuances non traduites entre elle et moi, des sous-titres de sa pensée que je ne décodais pas.

Je provisionnais mon manque de Lena. Elle partirait dix jours avant moi pour Corfou et cela n'en renforçait que davantage notre envie de nous éclabousser de plaisir, de nous souiller, de nous fourvoyer peut-être. Je stockais des images mentales, des souvenirs tangibles pour ne pas risquer d'oublier la douceur laiteuse de sa peau en manque de bronzage ou l'abondante épaisseur de ses cheveux de jais. Nous existions comme si notre futur était incertain, un coup sans lendemain dont il fallait saisir immédiatement tout le potentiel. Mes collègues de bureau, jugeant ma mine défraichie, trouvaient que je ne dormais pas assez. Je trouvais pour ma part que je passais trop de temps avec mes collègues de bureau. L'envie d'être avec *elle* détruisait toutes les autres envies. L'envie d'entretenir ses relations sociales, l'envie de travailler, l'envie de profiter des douceurs de la vie, l'envie de vivre sans *elle*.

Et, à forcer de le redouter, le jour du départ de Lena arriva telle une échéance effroyable, mentalement reléguée aux oubliettes mais pourtant toujours menaçante. La veille, elle fut si rembrunie au moment de me quitter que je passais la nuit à trouver une touchante attention pour la ranimer durant les dix jours de séparation.

Une heure avant qu'elle ne se sauve avec sa mère dans un taxi en direction du terminal 2 de l'aéroport Charles de Gaulle, nous nous enlacions sur un banc en pierre du jardin des Tuileries, l'endroit où tout avait débuté, où tout avait basculé de l'écrit vers le parlé, de l'Internet insondable à la factualité physique. Cet écrin de verdure au milieu de l'agitation citadine continuait de fournir, plus de cinq siècles après sa conception originelle, des bouffées romantiques aux escapades amoureuses tout autant qu'aux rencontres fortuites. La vertueuse Denise Baudu et l'ambitieux Octave Mouret occupaient mes réflexions à chaque fois que je foulais les allées de cet imposant jardin à la française. Désormais il faudrait également compter sur le beau couple d'autistes repentis formé par Lena et Louis.

Les prouesses d'André Le Nôtre et les statues chargées d'histoire de Coysevox, Rodin, Caïn ou Maillol nous imposaient un respect intérieur proche du recueillement. La luminosité estivale ricochait sur la poussière blanchie que des bourrasques de vent soulevaient dans d'intrépides tourbillonnements. Ces grains animés virevoltaient, aveuglaient, faisaient tousser, s'imprégnaient dans les cheveux, vêtements et chaussures, collaient, brouillaient les perspectives mais ne s'arrêtaient jamais de flotter, transformant tous les passants trop immobiles en ébauche de statues de calcaire. Derrière ses verres teintés, Lena laissait pleuvoir ce voile poudré qui, en s'agglutinant lentement sur ses lunettes, colmatait sa vue et semblait l'abandonner entière au ressenti de ses émois.

Elle me serra plus près d'elle encore et chuchota quelques mots doux au creux de mon oreille. Ses jambes, fines et enroulées dans un fin collant strié de larges bandes de couleurs comme deux bâtons identiques de Mikado, se rapprochèrent des miennes dans un mouvement d'ancrage. C'était sa façon de me faire comprendre qu'elle ne voulait pas qu'on soit séparés. Ayant suffisamment profité de cette étreinte langoureuse, je me redressai et sortis de mon sac un cadeau enveloppé dans du papier gris et bleu puis dis, appuyant niaisement sur cette évidence triviale :

— Tiens... c'est pour toi.

Elle rougit immédiatement comme si elle était embarrassée de ne pas avoir également pensé à une attention matérielle à mon égard. Bien vite, cependant, son teint pâle regagna l'ensemble de son visage et elle ouvrit ma surprise, celle-là même qui m'avait tenu éveillé la majeure partie de la nuit. Étripé par suite d'un bouillonnement de convoitise, le papier cadeau gisait disloqué sur ses genoux. Elle tenait dans les mains son contenu, une paire de chaussettes de sport blanches en coton épais, avec cet air incertain entre ahurissement et ravissement. Son prochain geste ferait basculer son sentiment vers l'un ou l'autre de ces états. Voyant qu'elle ne cillait pas, je l'aidai à prendre la bonne décision :

— Regarde… regarde à l'intérieur…

Au fond de la première chaussette, rien. Elle la mit sur l'envers pour s'en convaincre puis se tourna vers moi, le blanc des yeux truffé d'un indécis questionnement naïf. Je vis l'enfant en elle. Bien enfoui dans la seconde, comme dans les *stockings* de Noël des Américains, un petit bout de papier replié difficilement plusieurs fois sur lui-même. Sur une des faces, une inscription à peine déchiffrable : « Déplie-moi ». Avec application et stupéfaction, Lena suivit cette instruction et, après avoir manqué se casser un ongle pour défaire le bout de scotch récalcitrant, obtint une feuille A4 parsemée dans le sens de la hauteur de cinq grandes lettres grasses formant un mot capital : « MORAL ». Elle vit par transparence qu'un message était écrit au verso et retourna la feuille, de plus en plus gagnée par la curiosité. Elle lut à haute voix : « Bravo ! Tu viens de retirer le moral dans les chaussettes ! Adieu l'amertume, tu gagnes dix jours de bonne humeur et de jubilation. Bon voyage ! »

Libérée par l'issue heureuse de ce cadeau insolite, Lena récompensa ma créativité en frétillant à mes côtés et en exprimant sa joie par de chauds compliments et des baisers mitraillés, prouvant par la même occasion l'efficacité diabolique de ma chaussette. Nous nous séparâmes les sens tourneboulés. Dix jours nous paraissaient à la fois immenses et ridicules. En seulement quatre jours, j'avais cru la perdre et elle avait eu la confirmation qu'elle m'aimait. À nos débuts, il nous avait fallu trois mois pour nous rencontrer. Les durées, quand elles s'enracinent dans un terreau de sensations véhémentes, ne se mesurent plus rationnellement. Dix jours, c'était un étrange panachage de court terme objectif et de long terme subjectif. C'était en tout cas plus que nous ne pouvions tolérer sans verser dans une séance d'adieux lacrymogènes (pour elle) et faussement stoïques (pour moi).

Nous partîmes dans des directions opposées, elle filant vers ses origines et moi vers les angoisses de la langueur. Je bourrais mon emploi du temps d'activités pour ne pas avoir la tentation de songer à elle. La journée, je mettais une énergie et un soin hors du commun dans mon travail, absolument injustifiés par le calme estival. Même Olivier, d'ordinaire accaparé par le zèle permanent qu'il mettait en toute chose, semblait remarquer mon attitude curieuse. Le soir, je me lançais dans d'héroïques soliloques pour m'empêcher d'être entraîné par mes cogitations. J'habitais seul depuis six ans mais n'avais jamais eu autant soif d'une présence.

Périodiquement, à n'importe quelle heure du jour ou de la nuit, un SMS de Lena stoppait l'affichage de l'écran de veille sur mon portable et enflait dans la foulée mon cœur par ses mots onctueux écrits patiemment en mode T9. S'engageait alors une correspondance numérique, frustrante car elle demeurait digitale mais réjouissante car elle maintenait la solidité apparente de nos liens. À chaque texto que je tapais maladroitement, nécessitant que je m'y reprenne à plusieurs reprises, je me rappelais qu'à notre rencontre je ne possédais même pas de portable. Elle m'y avait poussé, par utilité.

C'était d'ailleurs une de ses marques de fabrique que de m'inciter à agir contre ma nature. Plus étonnant que de me forcer à acheter un Nokia, elle m'avait fait sauter pieds joints dans des épreuves que je n'aurais jamais voulu affronter dans d'autres circonstances. Et ça continuait. Comme si la rejoindre, avec sa mère, pendant dix jours ne constituait pas un défi suffisamment relevé, je devais au préalable prendre l'avion. Mes modes de transport de prédilection – vélo, métro, pieds – ne desservaient pas Corfou dans un délai raisonnable et je dus me résoudre, à contrecœur, à cette solution. La perspective de voyager par avion (et même d'en prendre deux, la plupart des vols n'étant pas directs) m'enchantait autant que d'écouter Jonathan mener Bad Motor Oil dans un concert marathon de deux heures trente articulé autour d'inédits, de versions longues et de reprises massacrées.

Entre huit et quinze ans, je pris très fréquemment des longs courriers entre les États-Unis et l'Europe pour rendre visite à une famille distante mais accueillante installée dans le Nebraska. À chaque vol, des douleurs inhumaines dans les oreilles me mataient durant les phases de décollage (un peu) et d'atterrissage (beaucoup). Généralement, l'impression qu'une perceuse forait nanomètre par nanomètre un trou dans mes tympans demeurait un euphémisme face au martyre que j'endurais. Il me fallait une ou deux nuits complètes de sommeil pour retrouver toutes mes perceptions auditives. En attendant, tous les sons étaient feutrés et mon inconfort bien réel. J'appris plus tard que je souffrais d'otites barotraumatiques et que mes tympans auraient tout à fait pu rendre l'âme à 10 000 mètres d'altitude.

Devant mes convulsions, évoquant vaguement une crise cardiaque sur-jouée, une hôtesse de l'air était venue à mon secours lors d'un Amsterdam-Minneapolis durant ma dixième année. Après s'être agenouillée à mon niveau, elle m'expliqua quelque chose d'incompréhensible pour un enfant. Il était question de trompes d'Eustache, ce qui me fit rire et oublier l'espace d'un instant les travaux lourds en cours de chaque côté de ma tête. Elle s'effaça quelques minutes et revint en tenant deux gobelets en plastique, une pile de serviettes en papier et une bouteille thermos. La stupéfaction de ma mère était alors aussi grande que la mienne. Je discernais en outre dans son expression une sorte de crainte et sur les pommettes raffermies de mes sœurs une once d'amusement. L'hôtesse, elle, maintenait une grâce et une solennité propres au personnel naviguant commercial. Je ne savais pas à quoi m'attendre mais le supplice que je dégustais était tel que j'aurais pu tout tolérer sans même protester.

Elle prit plusieurs serviettes et les trempa entièrement avec l'eau bouillante versée de la thermos. En prenant garde de ne pas se brûler les doigts et les paumes, elle les essora ensuite à fond. Des goutes tombaient en cascades saccadées et mouillaient le fin passage central du Boeing 747, là où avaient circulé les chariots de plateaux-repas. Elle enfonça ensuite la pâte compacte et humide qu'elle obtint par malaxage dans le premier gobelet, jusqu'à mi-hauteur. Elle recommença la même opération avec le second gobelet et releva sa tête vers moi en souriant :

— Tiens, mets-les sur tes oreilles et tiens-les bien fort. La chaleur te fera du bien. Ça s'appelle des oreilles de Mickey ! Tu connais Mickey, la souris, l'ami de Donald, le canard ? Oui ? Bon, en tout cas, garde-les bien en place et dans une demi-heure on sera arrivé et tu ne sentiras rien !

Dès lors, constatant leur efficacité fiable, à chaque montée dans un avion, j'ai toujours commandé des « oreilles de Mickey » comme d'autres demandent un journal sportif. À quinze ans, je décidai que je n'étais plus en âge de bénéficier de ce remède dont le nom, peu propice à affirmer sa personnalité d'adolescent, limitait de lui-même son utilisation aux enfants.

Refusant de revivre des scènes de torture de mes canaux auditifs, je bannis partialement l'avion de ma liste d'activités autorisées. Des dizaines d'opportunités de vacances non-saisies et des milliers d'heures passées dans des TGV plus tard, je changeai enfin d'avis, prêt à y laisser mon ouïe.

La veille de mon départ pour Corfou, j'invitai Delphine et Jonathan chez moi. Ils avaient de grandes nouvelles. Nous étions pour la première fois arrivés à un stade où aucun de nous trois n'avait besoin des deux autres pour dédramatiser une situation ou se faire remonter le moral. Nous écoutions nos histoires comme dans une réunion d'alcooliques anonymes, en applaudissant chaque bonne action, en saluant les réussites et les avancées, en se convaincant d'être définitivement guéris. Delphine avait rencontré un homme. Plutôt, elle avait ouvert les yeux sur lui puisqu'elle le fréquentait sur une base quotidienne, quatorze heures par jour au bas mot, depuis près de quinze mois. Marc Coignard avait été le premier CDI de sa société et possédait alors la double casquette de comptable et de commercial. Depuis, la structure grossissant, il avait délégué ses tâches les plus rébarbatives mais avait maintenu son rang de bras droit tout en espérant devenir l'épaule sur laquelle Delphine viendrait se reposer. Elle faisait souvent allusion à Marc pour nous dépeindre son sens très personnel de l'esthétique, sa collection arc-en-ciel de bracelets Power

Balance fièrement arborée et sa calvitie morcelée qui lui laissait sur le dessus de la tête quelques denses îlots d'étranges cheveux noirs au milieu d'un crâne brillant.

— Il est plutôt laid mais il est attachant. Et puis sortir avec un moche ça enlève énormément de pression. Faut pas tout le temps être au top. Si je me maquille pas, si je m'habille mal, si je ne fais pas de sport pendant trois semaines, si je me lâche sur les fast foods, je reste quand même un 7 alors que lui, même avec tous les efforts du monde, atteint péniblement un 3... un 4 s'il a bien dormi. Et encore, si je me charge de l'habiller. Avoir toujours au minimum 3 points d'avance, ça fait un bien fou. C'est comme gagner un match avant de le jouer. Sans compter qu'il travaille encore plus maintenant. Ça lui a donné une motivation supplémentaire : il rampe à mes pieds. J'aurai même pas besoin de l'augmenter tant que je reste avec lui ! Ah, je suis si heureuse !

Et elle riait de telle manière qu'il nous était impossible de séparer dans son histoire le second du premier degré. Elle était coutumière du fait. Mais Marc la mettait d'une incroyable bonne humeur et cela était déjà amplement suffisant pour ne pas appeler plus de questions de notre part.

Jonathan, surexcité, prêtant le minimum d'attention à ce que Delphine nous disait, annonça alors que Bad Motor Oil avait décroché un contrat avec une maison de disques pour enregistrer un premier album. Trente milles euros d'avance pour graver sur une galette de polycarbonate leur musique qu'un représentant de label avait découverte lors d'un de leurs concerts, en première-première partie de The Gum-Chewing Bots au Point Ephémère. Les prières insistantes et incessantes de sa mère, qui avait toujours porté Jonathan dans son estime, avaient dû finir par se concrétiser.

Une distribution européenne était déjà prévue avant d'envisager, suivant les réceptions critique et publique, une sortie au Japon voire aux États-Unis. Delphine évitait autant que moi de réagir en demandant s'il était certain d'avoir bien compris. Notre numéro de faux-culs entamait une énième représentation. Jonathan n'avait pas encore réalisé toute la portée de cette heureuse opportunité même si sa conviction intime qu'il avait toujours œuvré sur une musique en devenir lui faisait penser que cette proposition du label Suck It Up Records aurait dû arriver bien plus tôt « si les gens de l'industrie musicale passaient moins de temps à faire leurs comptes qu'à écouter les nouveaux talents ».

Pendant la durée de mon escapade grecque, il disposerait d'un studio en banlieue parisienne afin d'y enregistrer les dix ou onze morceaux de son groupe. L'album devrait être livré deux semaines avant la rentrée pour préparer la campagne marketing d'octobre qui encadrerait sa sortie. Un booking agent s'occupait déjà de leur réserver des dates de concerts à travers la

France pour coïncider avec cette sortie. Si tout ceci se confirmait, nous allions devoir endurer sa lubie à l'échelle nationale. Il fallait espérer qu'un vrai public soit réellement réceptif et d'un fort soutien ; alors Jonathan nous dispenserait de venir, nous, le faux public de spectateurs-figurants. Ou alors, fort de son nouveau statut, il ne remarquerait même plus nos absences. Finalement, cette annonce était effectivement une excellente nouvelle puisqu'elle nous délivrerait peut-être de notre corvée la plus récurrente et maussade !

Nous choisîmes ensuite un film parmi les centaines de boîtiers DVD qui s'amoncelaient, convoitant le moindre espace de mes étagères trop étroites. Jonathan voulait une comédie intellectuelle et Delphine une histoire d'amour. Pour ma part, je me serais satisfait simplement d'un bon film. Nous tombâmes d'accord sur « Magnolia », longue œuvre chorale de Paul Thomas Anderson où tout frôle la perfection et qui contient presque tout ce que le cinéma est en mesure d'offrir. Au bout des trois heures de ce qui, à sa sortie, m'avait réconcilié avec les longs métrages, je fus surpris de nos divergences d'interprétations. Nous étions tous les trois d'accord sur la portée, la subtilité et la réflexion dans la construction de cette production phare mais pas pour les mêmes raisons. Pire, alors que Jonathan et Delphine y voyaient un message pessimiste sur la vie et le hasard, j'y voyais au contraire une formidable métaphore sur l'espoir pouvant se manifester aux moments les plus inattendus.

Au centre des polémiques, la fameuse pluie de grenouilles et le plan final du film, un zoom-escargot de deux minutes, et ce sourire malicieux du personnage interprété par Melora Walters qui s'enveloppe merveilleusement bien avec la musique synchronisée d'Aimee Mann, Save Me. En observant attentivement certains détails dispersés durant les trois heures du film, on comprend l'importance centrale du *Livre de l'Exode* (8:2) : « Aaron étendit sa main sur les eaux de l'Égypte ; et les grenouilles montèrent et couvrirent le pays d'Égypte. »

Les personnages de « Magnolia », à l'exception du policier joué par John C. Reilly, n'ont en commun que leur vide spirituel, leur matérialisme exacerbé voire, pour certains, leur malveillance. Ce finale en trombe, en apparence irrationnel, est un signe de Dieu qui rappelle par cette action extraordinaire son existence aux nombreux héros. Il tend la main vers une autre voie. Certains la saisiront et le suivront, d'autres non. Ce faisant, certains seront sauvés, d'autres non. Mais tout le monde aura eu le choix de bifurquer ou de prendre conscience des errements dans sa vie. Ainsi, la dernière image nous montre un personnage qui se reformate à la manière d'un ordinateur dont on aurait réparé les bugs. Une lumière sincère jaillit alors pour la première fois dans un film au ton sinistre mais réaliste.

Mes amis partirent, peu convaincus par mes explications forgées par des dizaines de visionnages, et me laissèrent rêvasser en ré-imaginant, dans une version accélérée et personnalisée, certaines scènes de « Magnolia ». L'écrivain américain Charles Fort évoquait il y a près de cent ans des phénomènes inexpliqués de chutes d'animaux et de divers matériaux terrestres ou extra-terrestres. Selon lui, le ciel serait une sorte de réservoir attendant de déverser une partie de son chargement sur Terre à des moments-clés. À l'instant où je trouvais le sommeil, je songeais à ce qui pouvait planer à des centaines de kilomètres au dessus de ma tête et à ce qui se tramait loin de mes considérations bien usuelles. Un jour, comme cette illustre pluie de grenouilles, est-ce que quelque chose pourrait me tomber dessus, percuter la trajectoire de mon destin ? Était-ce déjà arrivé ? Lena était-elle née dans un nuage puis avait-elle été déposée sur mon chemin ?

Tandis que mes paupières se fermaient, pour la première fois, j'étais euphorique à l'idée de prendre l'avion afin d'aller perforer le ciel et y disséquer son contenu.

IX

Christos gagna du terrain à vive allure jusque dans l'agglomération de Tripoli, là où les habitations commençaient à devenir plus denses. Il ravitailla la Volkswagen dans une station service pourvue d'une seule pompe, passablement délabrée. En l'activant, il fut étonné qu'un liquide puisse sortir de ce pistolet recouvert de rouille. Réservoir et jerricane pleins, il remit le contact.

Dans ces instants suspendus, propres aux voyageurs solitaires attendant l'embarquement dans une porte surpeuplée, mon regard s'endormait sur des détails que mon imagination rendait fascinants. Agacé par ces errances contemplatives, je me recomposai et touchai mes oreilles, palpai leurs lobes, remontai le long des pavillons, Insérai mes index dans les conduits auditifs avant d'être bloqué par l'épaisseur de ces doigts qui ne parviendraient jamais à effleurer les tympans ni même ce que je m'étais toujours imaginé être de minuscules forgerons du son s'employant sans répit, avec leurs marteaux et sur leurs enclumes, à traduire pour mon cerveau les atmosphères environnantes. Je condamnai l'avenir proche de mon ouïe en tendant à une hôtesse, pour vérification, mon billet. La longue passerelle d'accès télescopique et ses fins murs blancs sans fenêtres étaient un blafard couloir de la mort. Chaque virage dans les soufflets, une entorse de plus en plus profonde à ma rectitude.

Par paquets, les passagers s'installaient à leurs places. Lorsque l'un d'entre eux tardait à mettre son bagage dans le compartiment au-dessus de sa tête, il libérait derrière lui, en s'asseyant, un flot accumulé de ses semblables, irrités et soufflant comme des bœufs, jusqu'à ce qu'un autre s'arrête et recommence à bouchonner toute la file. Progressivement l'agitation cessa et tout le monde vérifia jusqu'où s'inclinaient les sièges. Le vrombissement ambiant ne fut perturbé que par l'arrivée de quelques singletons retardataires dont l'effervescence et l'inconfort se sentaient dans chacun de leurs gestes hasardeux pour trouver l'emplacement indiqué sur leurs cartes d'embarquement par un chiffre et une lettre. L'un d'entre eux, un gros bonhomme moustachu portant des sandales beiges de touriste allemand par dessus de vieilles chaussettes de sport en coton épais, s'assit à ma droite, me donnant ainsi à sentir un bouquet d'arômes nidoreux dû à son abondante transpiration d'obèse.

Il me dit quelque chose dans une langue que je ne compris pas, guetta ma réaction, rit très fort en se frappant la cuisse et en rougissant dangereusement puis sortit un sandwich de son sac. Les tranches d'emmental avaient une couleur fluorescente et une consistance tellement molle qu'on aurait voulu les traiter contre la dépression. Il l'avala avec voracité en quelques bouchées de morfale. Des miettes et des bouts d'aliments non identifiables jaillissaient tout autour de lui tandis que son visage virait du rouge au cramoisi. Il représentait tout ce que je méprisais avec son bob trop petit pour sa tête rondelette, sa barbe mal rasée entre le roux et le blond, ses auréoles sombres soulignant ses aisselles sur son t-shirt blanc maculé de taches de nourriture et ses jambes grasses qui débordaient d'un côté et de l'autre de son siège trop étriqué pour sa corpulence hors de forme, annonciatrice d'une crise cardiaque à venir.

Le personnel naviguant se lança dans sa tirade sur les consignes de sécurité tandis que la carcasse rigide de l'avion se mettait en mouvement. Plutôt que d'essayer de garder son sérieux pendant cette routine, l'équipe menée par une jolie brune aux cheveux courts dédramatisa les informations sur les marquages lumineux au sol, les ceintures de sécurité, la dépressurisation de la cabine, les masques à oxygène, les gilets de sauvetage et autres toboggans d'évacuation en parsemant son discours, répété jusqu'à l'usure, de blagues et de traits d'humour bien sentis. J'espérais une allusion aux oreilles de Mickey. Elle ne serait jamais prononcée.

Lorsque l'avion se posa à Athènes, trois heures plus tard, mes oreilles avaient miraculeusement survécu. J'avais tenu bon durant la descente régulière, incrédule, sans ressentir davantage de gêne que dans un trajet de voiture à la montagne. Comme tout le monde, je supposai. Le phénomène, responsable de ma plus handicapante phobie, s'était dissipé aussi curieusement qu'il était apparu. Le second vol, en direction de Corfou, que j'avais tant craint, serait donc expédié en une simple formalité ! J'avais envie d'étreindre mon informe voisin pour partager la joie ingénue qui me possédait en cet instant salvateur. Un reste de cacahuètes salées, distribuées royalement par la jolie brune d'Air France, sur le coin de sa bouche, m'en dissuada. Je restais ensuite bloqué derrière lui pendant de longues minutes pour sortir de l'avion, incapable de le déborder tant il était large. Dans l'aéroport d'Athènes, je le vis prendre une autre direction et avec soulagement je pus patienter de nouveau en guettant ma correspondance dans un terminal envahi de gens en short, tongs et lunettes de soleil qui paraissaient musarder entre deux destinations de vacances.

Je relisais les messages de Lena envoyées depuis son départ. Cela faisait trois jours qu'elle ne m'avait pas

136

répondu et ses derniers SMS se ramollissaient étrangement dans leur niveau d'excitation. Lena n'avait jamais été très littéraire et, à l'écrit comme à l'oral, usait avec parcimonie de ses mots. Elle ne devait plus savoir comment exprimer ni son manque ni l'impétuosité de son attente. En plus, sa mère et elle n'étaient pas complètement en vacances puisqu'elles inspectaient le marché immobilier pour remettre à neuf des maisons de Grecs exilés dans les grandes villes et les vendre comme résidences secondaires à de riches acheteurs étrangers. Anglais, Russes ou Allemands se pressaient pour investir, galvanisés dans la certitude de leurs placements par des séjours estivaux sur l'île. Elles s'intéressaient aussi aux terrains près de la mer pour bâtir de toute pièce des villas que Lena aidait à dessiner, se formant ainsi concrètement au métier d'architecte. Très fréquemment, elle me demandait mon avis sur ses plans et les étalait devant moi en quête d'une opinion.

Ses pages, qu'elle appuyait fermement sur mon bureau pour les empêcher de s'enrouler sur elles-mêmes, étaient conçues de rectangles imbriqués de toutes les tailles aux bordures plus ou moins épaisses, de diagonales et de demi-cercles. Elle prenait une voix rassurante d'enseignante en me questionnant sur divers points qui la faisaient tergiverser. En dépit de ses explications, je n'entendais rien au sujet et ses dessins restaient pour moi totalement obscurs. Je sondais son avis en me hasardant à quelques impressions et la soutenais systématiquement dans le choix vers lequel elle s'orientait d'elle-même. Folâtre et réjouie, elle m'embrassait, rassemblait ses affaires et repartait travailler dans l'isolement silencieux d'une bibliothèque.

Le second avion, un A318 très bruyant dont la dernière maintenance technique totale datait à l'évidence d'une autre ère, m'acheminait vers l'inconnu. Projets et intentions inconnus dans un pays et une ville inconnus. L'atterrissage à Corfou, mouvementé en raison de vents violents, dévoila à travers le hublot une piste terrifiante. Bâtie dans une baie sur d'anciens marécages, elle se déroulait sur à peine deux kilomètres, une des plus courtes et dangereuses d'Europe d'après ce que j'entendais de la discussion apeurée de mes voisins de derrière dont les enfants avaient vomi pitoyablement durant les bourrasques brinquebalantes. Nous atterrissions avec la sensation jusqu'à l'ultime instant d'amerrir, seulement sauvegardés des flots par une mince bande de bitume dans l'axe d'une église bien chétive face au potentiel destructeur d'un avion lancé à grande vitesse.

Malgré l'heure tardive, la descente sur le tarmac pour rejoindre le petit aéroport s'apparenta à une immersion en plein brasier. Un souffle brûlant venant du ciel m'étranglait et s'additionnait à la chaleur asphyxiante du sol s'échappant par les pores de la surface noire et granulée. Il devait faire quarante degrés. Beaucoup, beaucoup trop pour être vêtu d'une veste et d'un jean. Une fois mes affaires récupérées sur le tapis roulant où tous les voyageurs guignaient leurs bagages comme les résultats d'une loterie, je passai la zone douanière où officiaient des fonctionnaires avachis. Au moins trois d'entre eux dormaient sur leurs chaises, les mains posées sur le ventre, le dos courbé et le képi rabattu sur les yeux. Puis, effacée sur la droite du couloir principal, détail ambigu d'un tableau foisonnant, elle était là.

Lena, dans une posture d'élève de CM2 récitant sans faute une poésie en dodelinant cliniquement, s'excuserait presque de stationner là, entre les portes automatiques d'entrée et les guichets de vente alignés des compagnies aériennes. J'accélérai le pas, harnaché de deux sacs sur le dos et traînant ma valise sur ses petites roues agitées. Elle fit un saut vers moi mais, dans une combinaison fluide et étincelante de mouvements, au moment où j'imaginais nos lèvres se fondre en un baiser ardent et libérateur, elle baissa la tête, empoigna fermement mon bras et m'entraîna vers la sortie en pressant l'allure.

— Vite, Mumú est garée dehors. Ça fait bientôt trente minutes qu'elle poireaute !

Les parkings des aéroports grecs devaient être sacrément saturés pour qu'une petite demi-heure de retard défausse nos retrouvailles, elles qui étaient censées constituer le point d'orgue de nos dix précédentes journées. Lena, qui cherchait à courir à présent, ne me permit pas de réfléchir bien longtemps aux motivations de son geste, ni à sa froideur raide, dans la fournaise moite du crépuscule. Toute mon attention se portait sur mes sacs et ma valise dont je contrebalançais les ballottements au mieux tout en allongeant la foulée pour suivre Lena. Déjà, j'étais en nage, de cette sueur copieuse qui s'écoule en torrents et imbibe les tissus.

En approchant d'une 207 trois-portes grise émaillée de chocs plus ou moins forts, elle ralentit. La portière du conducteur s'ouvrit. Theodora parut, en nuances de marron, et se précipita pour me serrer la main.

— Ah, Louis ! *There you are !* Vite, *take a seat*, nous avons trois-quarts d'heure de route jusqu'à la *house*. *We must all have something to eat !* Ici on ne mange jamais avant dix heures et e*specially not during the summer*. Il fait tellement chaud ! O*h, god !*

Elle jouait de l'éventail avec ses mains. Theodora avait la mine creusée, des paupières fatiguées et une expression d'abattement. Depuis que nous nous étions vus, elle donnait l'impression d'avoir perdu deux tailles. Sa tête dépassait à peine du tableau de bord malgré la position du siège qui relevait tout son corps. J'essayais de ne pas penser au lien éventuel entre sa présence derrière le volant et les bosses sur la tôle de la Peugeot.

Assigné à l'arrière avec pour seuls compagnons mon imposante valise sur laquelle campaient mes deux sacs à dos, j'épongeais l'ambiance de désolation qui régnait dans la voiture. Je n'osais intervenir tant ma compagnie ne semblait pas désirée. À tour de rôle, par leurs manières sibyllines, elles avaient toutes deux inhibé mon entrain triomphal d'amoureux revenant auprès de sa mignonne. Pas plus qu'à moi, Theodora et Lena ne s'adressaient la parole. Elles s'évitaient, même, autant que cela fût possible dans quatre mètres cubes, ne prêtant plus la moindre attention au paquet humain qu'elles venaient de récupérer en provenance de France. Notre triangularité était équilatérale : trois silences de même longueur. Pressentant qu'une dispute avait éclaté entre elles, je mis de côté mes ultimes envies de communication et tentai de profiter, à travers les vitres, des fresques d'un paysage plongé dans la nuit profonde de Corfou.

Les habitations, hautes et gaies, alternaient style contemporain et tradition ancienne, marquée par les influences vénitiennes. Les balcons et volets vert italien, les façades ocres ainsi que les toits en tuiles orange transperçaient par leurs tons pastels l'habit nocturne que la ville revêtait. En nous éloignant de l'Aéroport International Ioannis Kapodistrias puis du centre, nous gagnions rapidement la campagne où les éclairages, qui jusqu'alors faisaient scintiller la nuit, devenaient sporadiques. Je ne discernais plus rien du paysage et fus contraint de tourner la tête de l'extérieur du véhicule vers l'intérieur et revenir m'imprégner totalement de l'atmosphère aigre.

Le mutisme ne se rompait qu'avec les injonctions de la mère lorsqu'elle insultait dans sa langue natale les conducteurs mordant sur leur côté de la route, et débordant sur le nôtre, dans les virages sinueux qui nous rapprochaient infailliblement de notre destination.

— *Malakas ! Malakas !*

Parfois elle développait sa pensée au-delà de ce doux mot, vocable indispensable du folklore local, prononcé en appuyant sur le klaxon pour accentuer les syllabes de son injure et en hochant la tête comme une démente.

— *Malakas ! Malakas !* Leninou, as– tu *see that ?!* Voilà au moins *something* que je ne regrette pas *when we're in Paris. Malakas* de Grecs !

Lena ne lui répondait pas, lui rendant à la place une sorte de dédain onirique. Les minutes s'accumulaient. Une gêne s'installait. L'embarras perdurait. Je ne savais pas si la moiteur ressentie était due au malaise grandissant de la situation qui s'éternisait ou à la chaleur humide du climat aoûtien. Au bout de quarante minutes de cette procession, nous finîmes par arriver. Un portail automatique en décrépitude, dont le moteur catarrheux faisait *reureu*, s'ouvrit et révéla une large maison de pierre. Ses contours étaient illuminés par des lanternes accrochées à mi-hauteur des murs. Le chemin serpentant en gravier, qui conduisait du portail à la bâtisse, était balisé par des diodes électroluminescentes dirigées vers le sol signalant les contours avec discrétion. À chaque source lumineuse, d'insaisissables nuages d'insectes voletaient à peine troublés par le passage ralenti et grésillant de notre funeste véhicule.

Nous entrâmes dans la maison, toujours sans bruit. On accédait à la porte d'entrée en gravissant cinq épaisses marches grenaillées dont le blanc d'origine tournait vers un noir emprunt de saleté faute de nettoyage suffisant. Dans le logis, la décoration était sommaire. Un escalier menait au second étage, où je ne pénétrerais que plus tard, dans la continuité des marches de l'entrée. Sur la droite, des chaussures reposaient pêle-mêle comme si une bombe avait éclaté en plein milieu. Plus loin, une grande table à manger servait de support de rangement à divers objets : du courrier en tas, des cartons de déménagement empilés dont les plus hauts restaient ouverts, une coupelle pleine de fruits frais, un grille-pain, des accessoires informatiques, une radio portative, des cascades de bols dans lesquels étaient rangés des couverts, des dizaines de sachets d'épices et d'herbes, un presse-agrume, des magazines, des lunettes de soleil, des crèmes... Derrière, un rideau de perles transparentes délimitait l'accès à la cuisine.

De l'autre côté, encastrée dans le mur, une petite télévision était allumée. Un humoriste grec criait sur son camarade de scène et faisait se tordre de rire le public. La retransmission floue – l'image était constamment traversée de bandes filandreuses de neige et le volume oscillait bizarrement – me laissait croire que nous étions suffisamment isolés pour ne pas capter correctement une chaîne nationale. Quatre portes fermées complétaient l'austérité de cette pièce principale. En la passant ainsi en revue, je dus déplaire à Theodora car elle me héla d'un ton cassant et âpre.

– Louis, *come over here*. Je vais vous montrer votre *room*.

Échappée dans un couloir tassé, elle ouvrit la première porte à gauche et éclaira la pièce. Mon regard fut attiré par une double fenêtre qui polarisait tout l'espace. Les volets, vert bouteille, obstruaient la vue et maintenaient l'attention à l'intérieur de la pièce, assez vaste. La peinture sur les murs nécessitait un rafraîchissement, tout comme le sol, jonché de boules de poussière, de salissures et de petites bestioles mortes recroquevillées. Les volets n'avaient visiblement pas été ouverts depuis des mois. Il n'y avait comme mobilier qu'une table de nuit et un sommier sur lequel Theodora m'invita à placer mes affaires. Dans le coin opposé à la fenêtre, je découvris un lit. Un lit simple, d'une seule place, au dessus duquel était enroulée une moustiquaire. La circularité de son attache évoquait une auréole de saint. La pauvreté de la chambre, un monastère. La mère se retira et j'en profitai pour secouer Lena.

— Qu'est-ce que ça veut dire ? questionnai-je. On ne dort pas ensemble ?!

— Non, répliqua-t-elle froidement. Ici, je dors avec *Mamá*. Mais ne t'inquiète pas, on sera juste à côté.

Je ne parvenais pas à traiter l'information. Elle sourit et posa sa main sur mon épaule. Mon sourcil gauche imita un accent circonflexe tandis que celui de droite se fronça avec sévérité.

— Vous dormez dans la même chambre ?! m'écriai-je. C'est elle qui t'a demandé ? Elle ne veut pas qu'on dorme ensemble ?

— Pose tes sacs, reprit-elle, on va aller manger.

— Attends, Lena... T'es sûre que c'est vraiment ce que tu veux ? Tu ne préfères pas qu'on... Enfin, je pensais que ça te réjouirait un peu plus de me voir ici, c'est tout...

— Qu'est-ce que tu racontes ? Évidemment que je suis contente. C'est juste que là... c'est pas le bon moment, c'est tout.

Elle s'extirpa fébrilement de la conversation et alla chercher quelque chose dans sa chambre. *Leur* chambre. Moins grande que la mienne, elle enfermait trois matelas surmontés eux aussi par des moustiquaires. Elles étaient d'une blancheur stérilisée d'hôpital. Chacune venait mourir sur les lits dans des effets de plis et de draperies. Des baldaquins antimoucherons. Une armoire en noyer finissait de remplir un espace encombré où il était laborieux de se frayer un chemin sans se désarticuler complètement. La proximité incestueuse des lits de Lena et de sa mère me glaça les os. Dans quelques minutes, elles dormiraient là, séparées par de trop infimes centimètres. Cette idée me dégoûtait. Je sortis de cette alcôve et attendis les deux femmes dehors où ma peau opaline embuée de sueur réjouit les moustiques habitués à se casser les stylets sur des Grecs tannés.

Les tensions cabalistiques se désamorcèrent au cours du repas dans une taverne truffée de régionaux. Theodora, connue de tous les convives, commanda une grande assiette de keftedes dans laquelle nous piochâmes nos parts, à l'envie. Lena se décontractait également et, avant même de nous resservir, nous nous surprîmes à passer un bon moment. Je racontai ma psychose révolue de l'avion puis appris comment elles avaient occupé leur temps durant ces dix premiers jours à Corfou. Lorsque le serveur nous apporta des revani en guise de desserts, nous ressemblions à une fraction de famille, prête à se serrer dans les bras après une brouille passagère et à rire de concert.

Je goûtai ensuite mon premier ouzo régional dont la fabrication artisanale avait privilégié les arômes de muscade et de cardamome sur celles d'anis. Il me fournit l'aplomb et l'excuse pour offrir à mon hôte son cadeau, un foulard que j'avais demandé à Delphine de choisir pour moi de peur de ne pas me figurer précisément les goûts d'une femme vieillissante. Elle déballa le paquet comme sa fille au jardin des Tuileries. Elle déposa le contenu sans même le déplier. Son visage se ferma et, avec gravité, elle prononça entre ses dents :

— *It's very pretty* mais il ne fallait pas, Louis.

— Je vous en prie. C'est la moindre des choses que je puisse faire pour vous remercier de votre gentille invitation. Je suis déjà séduit par la cuisine si délicieuse de cet endroit !

— *I mean*, il ne *fallait* pas. Vraiment.

Elle remua la poche de son short en toile de coton et me tendit son poing fermé. Elle glissa une pièce d'un euro de sa paume pour la tenir entre son pouce et son index. Elle la mit en évidence au dessus de sa tête comme un prêtre avec une hostie au moment de l'Eucharistie. Puis, elle baissa son bras et me donna la pièce en me remerciant à nouveau. Mon étonnement devait être tel que, devant mon absence de réponse, elle se sentit obligée de compléter :

— *Didn't you know that* offrir *a scarf* porte malheur ? Vous ne le saviez pas ? Leninou, *you didn't tell him ?!*

Je n'avais jamais entendu parler d'une telle superstition. Mais, apparemment, nos problèmes de communication avaient devancé mon arrivée à Corfou.

147

X

Il retourna voir la maison de Njome. Elle échappait à la surveillance de ses parents, le soir, et dévalait, deux par deux, trente-trois marches en pierres lézardées pour le rejoindre en bas. Il l'attendait, présence spectrale, le dos appuyé à la portière, prêt à lui ouvrir, dans la même posture mystique qui le caractérisait aujourd'hui.

Aux premières lueurs du jour, des bruits se firent entendre dans la chambre voisine puis dans la pièce principale. Une main fouilla le contenu d'un tiroir et une clé tourna avec de grands clacs dans la serrure de la porte d'entrée. Enfin, celle-ci vint cogner contre le chambranle et des pas s'éloignèrent petit à petit. Au loin, un homme parlait avec Theodora. Les pas, ensuite, revinrent dans ma direction et tous les bruits se répétèrent à l'envers jusqu'à ce que le calme se réinstallât dans la chambre d'à côté. Au même instant, dehors, quelqu'un s'activait en distribuant des coups secs d'une constance de métronome. J'enfilai un t-shirt et sortis. Un rayonnement éblouissant tout à coup m'aveugla. La luminosité solaire, décuplée par réverbération sur les parties étalées de sol clair, emplissait un ciel dépourvu de la moindre trace blanche. En contractant le visage et en plaçant quatre doigts en visière sur mes arcades sourcilières, je localisai un homme en débardeur qui s'escrimait avec une petite hache à fendre la base d'un arbre.

Ses vêtements, pauvres, étaient parsemés de marques d'usure. Son short tombait en lambeaux et ses baskets, vestiges d'une autre décennie, avaient des semelles décollées et des couleurs passées de la fluorescence à l'évanescence. Il portait sur la tête une casquette arborant l'écusson blanc et bleu du KF Tirana. Son débardeur déformé par de trop nombreux lavages pendouillait sous ses bras et vrillait au niveau du bassin. À ses pieds, des accessoires de jardinage ainsi que des outils de bricolage étaient répartis dans un long sac de toile et une caisse métallique. Dans ses amples mouvements, entamant à chaque coup le bois d'un arbre dont le tronc n'atteignait pas trente centimètres de diamètre, sa grande taille et ses muscles saillants déployaient autant de puissance que d'accablement.

On eût dit qu'il était dépêché là pour des travaux d'intérêt général, impatient de boucler sa pénible tâche sans pour autant faire preuve d'un emballement qui aurait sonné faux. Son travail de bûcheron, exécuté avec un mystérieux quiétisme, paraissait trop limpide pour ses larges épaules et son endurance belliqueuse, comme si un pilote de chasse chevronné se retrouvait du jour au lendemain à animer des initiations au vol en planeur dans une base aérienne désertée. Des fragments d'écorce giclaient à chacun de ses coups administrés dans des mouvements de balancier qui faisaient chavirer ses bras et emportaient tout le haut de son corps vers une fine entaille témoignant graduellement de sa progression.

Je sentis une présence me rejoindre sur le perron.

— Lui, c'est Jaser. *He helps me around the house*. Quand nous sommes arrivées cette année, *the balcony* était *completely* couvert de fientes de pigeon ! *He spent two days* à tout nettoyer... Il a l'habitude. *Now*, je lui ai demandé de s'occuper du *garden*. Tondre la pelouse, débroussailler, *cut down some trees*, etc. Rendre *everything* un peu plus *cosy*. Il y a bien trop à faire *for me* qui ne viens qu'un mois *every year*...

Theodora laissa flotter ses mots et disparut. Je contemplai quelques instants encore les efforts velléitaires de ce forçat volontaire avant de descendre les marches et découvrir les floraisons que la nuit tamisée m'avait masquées. Le terrain était vaste et laissé à l'abandon. La végétation s'était répandue avec densité sur les petits lopins autour du chemin de graviers. L'herbe et les broussailles se mêlaient dans d'inextricables nœuds qui crépitaient sous les pieds lorsque l'on marchait dessus. Agonisant pour un peu d'eau, elles glissaient vers un vert jauni, pareil à la mort.

Des garrigues touffues avaient éclos çà et là, barraient le passage par leur densité organique et forçaient le promeneur à de courts détours en demi-cercles. Comme dégouttées avec restriction, quelques roses blanches fleurissaient individuellement au milieu de ce maquis qui se détirait à perte de vue dans les terrains voisins et sur les flancs des collines alentours. « Roses blanches de Corfou, roses blanches, roses blanches, chaque nuit je pense à vous » : les mots de Nana Mouskouri se murmuraient partout dans ces feuillages.

Derrière la maison, une légère mais constante pente mettait en évidence de hauts arbres gracieux, source d'un peu d'ombre tiède sous le soleil assassin. Deux immenses peupliers étaient les ancêtres de ce jardin où quelques-uns de leurs jeunes semblables mais aussi des noyers, quelques oliviers et deux triades de cyprès longilignes avaient été plantés quelques années auparavant dans l'idée d'embellir cet espace négligé. Au-dessus du porche grimpait un bougainvillier dont les fleurs, contrairement à moi, se réjouissaient de la sécheresse pour déployer leur abondante et resplendissante santé. Leur panachage de couleurs vives, teintes piquantes de jaune et rouge, égayaient les tons monochromes de cet environnement délavé par la lumière flamboyante.

L'efflorescence luxuriante de ces plantes cachait mal l'immobile autorité de la bâtisse. Ses pierres, irrégulières et ocres, s'affadissaient par légers soupçons sous l'action de l'astre du jour, érosion lumineuse imperceptible et inaltérable. Les persiennes divisaient les murs par sections distinctes, à chacun des deux étages, et leurs larges stries horizontales conféraient une certaine stabilité militaire à l'ensemble. Au second étage, une terrasse transversale couverte occupait un tiers de la surface et profitait de sa position dominante pour offrir une vue panoramique sur les environs ainsi que des courants d'air voluptueux à ceux qui viendraient s'y détendre.

À l'intérieur de la maison, Lena et Theodora trempaient indolemment leurs mies de pain dans leurs bols de lait posés sur des sous-plats faits de mosaïques kitsch. Elles avaient le regard statique et fixaient, le front baissé, le remous en cercles imbriqués à la surface du liquide. En m'approchant, elles levèrent la tête comme tirées d'une profonde oraison. Lena demeurait verrouillée dans sa mine renfermée. Sa crispation déformait la pureté de son visage et faisait place à un air hautain et fielleux dont j'éprouvai les nuances avec une montée d'angoisse.

Elles avaient servi un petit déjeuner frugal articulé autour d'un imposant halva sur lequel venaient se planter trois couteaux pour en couper de fines tranches. La mère et la fille marmonnaient quelques propos confus, la bouche pleine de cette mixture compacte faite de farine, de sésame et de miel. La scène illogique de mon arrivée en voiture se répétait.

153

Seconde prise, changement de décor. Je me décidai à imiter mes deux hôtes et, faute de mieux, baignais à mon tour mon regard dépité dans ma tasse de thé dont la vapeur brûlante se transformait en gouttelettes au contact de mon visage. Trois flamants roses se nourrissaient, la gueule étrangère à l'environnement extérieur. Je ne saurais dire combien de temps périt ainsi.

Lena ne dégageait la tête de son bol que pour picorer dans de rapides mouvements inconscients quelques morceaux de son halva, dont les miettes se répandaient tout autour de son assiette, et revenir cacher sa figure à l'intérieur du bol. Elle restait ainsi pour ne rien affronter du regard. Elle n'avalait rien. Sa lèvre supérieure s'imprégnait à chaque fois du blanc du lait et avec des *slurp* sonores, elle épongeait ces marques horizontales. Avant de recommencer. Je l'observai comme une espèce inconnue, avec autant de prudence alerte que d'effarement lorsque la voix de Jaser appela Theodora, du haut de la terrasse. Aussitôt, elle se pressa pour aller le rejoindre, entraînant dans son sillage sa fille, qui avait à peine eu le temps d'essuyer un dernier *slurp*, et moi. Ainsi alignés les uns derrière les autres, nous ressemblions à des Dalton auxquels il ne manquait qu'un Averell pour aller braquer une banque.

Lorsque nous rejoignîmes Jaser à l'étage, une forte odeur de peinture saisit mes narines. Il énonça quelque chose en grec à Theodora. Il semblait l'interroger à propos d'une poutre qu'il repeignait et revernissait, dans un coin de la terrasse. Lena alla vers eux et intervint dans la discussion pour renforcer les directives gestuelles de sa mère tandis que Jaser tenait un gros pinceau dans une main en les écoutant d'une allure empruntée. Une fois sa réponse obtenue, il leur demanda qui j'étais en tendant son pinceau dans ma direction. Elles lui expliquèrent brièvement en mélangeant à leurs éclaircissements quelques mots d'anglais, pour obtenir mes acquiescements. Alors, dans un immense sourire franc et ouvert, Jaser s'élança vers moi en répétant :

– *My friend ! My friend !*

Il marchait d'un pas délié et sa silhouette de géant svelte me dominait d'une bonne tête. Sa peau semblait avoir rôti comme la chair d'un poulet tournaillant dans un four tant elle était brune et crénelée. Il s'adressait à moi avec un naturel gamin, son sourire figé et goguenard n'attendait que son pareil en écho. Il se retourna et dit quelques mots tout bas à Theodora, visiblement à propos de moi tant leurs lorgnades de mon côté étaient mal camouflées. Elle lui répondit d'une tirade fuligineuse qui me parut interminable avant qu'il ne me tapotât le dos en me confessant dans un anglais d'école primaire son amour de la France, de la Tour Eiffel et des bonnes baguettes de pain.

Nous repartîmes tous ensemble à l'intérieur où une bouteille de Coca frais attendait le peintre/jardinier. Nous tenions notre Averell qui avait pris sa place derrière moi dans la descente extrêmement abrupte et casse-gueule de l'escalier nous ramenant à la salle à manger. Luisant de transpiration et penaud, Jaser avait tout d'un intrus dans cette pièce décorée avec tant d'incohérence qu'elle avait sans doute été profondément réfléchie dans les élucubrations de l'esprit désaxé de Theodora. Du haut de sa candeur pleine de testostérone, il devait penser la même chose de moi. C'était sans doute ce qui lui ferait s'exclamer, amusé, à chaque fois qu'il croiserait mon regard pour le reste de ce séjour hellénique :

– *My friend ! My friend !*

Plus tard dans la journée, Theodora me détailla les origines de Jaser. Il était albanais et avait émigré en Grèce comme bon nombre de ses concitoyens depuis les années quatre-vingt-dix. Comme lui, la plupart des ressortissants albanais vivotaient de petits boulots, dans la clandestinité de travaux d'intérieur ou comme main d'œuvre bon marché dans la restauration. Rares étaient ceux qui réussissaient leurs vies comme ils l'espéraient. Ils déplaçaient seulement leur misère en se donnant un but et une utilité. En fin d'après-midi, au moment où Jaser repartait, lessivé, chez lui, nous le regardions disparaître sur sa mobylette usée et pétaradante. Elle compléta ses explications initiales :

— On en voit beaucoup *like him* vers *Corfou town*. Ils cherchent *all the time* à vendre plein de bibelots aux touristes… *It's so unpleasant* ! Sans compter que *more and more*, ils prennent tout le *work* des *Greek people*. Et ce chômage qui ne fait qu'augmenter… Et encore, *you haven't seen* ce qui se passe *à* Athènes ! *I really hope* le gouvernement va *do something about* tout ça. *It's about time* ! Enfin, si on compte sur Kostas Karamanlís *and friends*… *Malakas,* tout ça ! *Anyway*… Jaser, lui, est un peu *simple minded* mais il est bien pratique *for us*. *He is always* bien propre. En plus, il habite *just five minutes from here*.

L'évocation de son logement paraissait avoir déclenché chez la vieille mère une envie irrépressible de s'y rendre. Immédiatement. Elle héla sa fille qui accourut aussitôt. Ensemble, elles rassemblèrent quelques effets dans des sacs de supermarché et, en seulement quelques instants, elles étaient prêtes et m'attendaient dans la 207. Ces enchaînements avaient dû être répétés jusqu'à ce qu'ils deviennent habituels tant ils s'imbriquaient avec fluidité. La voiture se mit en route et s'infiltra dans des chemins de terre en méandres bordés par des arbres en arches. Theodora tapait dans tous les trous et aspérités de la route et, ne réduisant jamais la vitesse de l'auto, provoquait des soubresauts à l'intérieur du véhicule. On entendait le contenu du coffre tanguer dans tous les sens avec des bruits amortis. Ce cahotement dura jusqu'à ce que, d'un coup net, notre conductrice pilât. Je sentis au plus près l'odeur du repose-tête de Lena. Celle-ci protesta vainement contre le pilotage nerveux.

— *It's* là. *Everybody* descend ! *Go go go !* Leninou, *honey*, prends le *blue bag* dans le coffre s'il te *please*.

En contrebas de la route, des marches descendaient vers un champ de taillis. Seuls quelques orangers tenaient en échec la propagation folle des herbes sauvages. Au bout d'une ligne tracée dans le sol par les passages répétés, le deux-roues de Jaser reposait incliné sur sa béquille. Plus loin, un cabanon servait de résidence au malheureux. Insignifiant face à l'immensité du panorama qui l'entourait, il n'était constitué que de deux pièces exigües et d'une salle de bains. Cette maisonnette de quelques dizaines de mètres carrés au plus se prolongeait sur un préau préservé de l'air extérieur uniquement par une fine moustiquaire dont le treillis vieillissant se disloquait. Jaser disposait dans cet espace ses outils et quelques objets de récupération. Tout — bidons, boîtes à chaussures transformées en boîtes de rangement, bâches, rouleaux, bocaux remplis de ferraille, etc. — était aligné à la perfection sur des étagères surchargées sans que je puisse en distinguer précisément les détails.

Un minuscule chien se précipita sur nous, ses quatre pattes tendues dans l'air entre deux impulsions, en jappant d'une force insoupçonnable. Jaser suivit de près sa trajectoire tandis que son toutou flairait nos chevilles l'une après l'autre avec une vivacité explosive. Sa truffe nous laissa des marques humides plus ou moins hautes suivant qu'il prenait ou non appui sur nos mollets avec ses pattes avant pour nous renifler. Lorsqu'il n'humait pas nos senteurs, il aboyait sans comprendre pourquoi, toujours béni d'une remuante gaieté animale. Theodora s'avança vers l'Albanais et lui présenta le sac bleu. Il l'ouvrit et y découvrit des dizaines de kumquats. Des kilos d'or ne l'auraient pas rendu plus rayonnant. Il se tordit en remerciements expansifs malgré l'énervement que ses manières suscitaient chez Theodora. Alors que j'avais presque oublié sa présence à mes côtés, Lena me traduisit la scène.

— Elle a oublié de lui donner ce sac de fruits qu'elle avait achetés au marché de Corfou town. Jaser adore les kumquats. Il en mange toute la journée. Même s'il y a plein d'orangers dans son jardin, il n'est jamais parvenu à y faire pousser des citronniers du Japon. Du coup, *Mamá* pense souvent à lui en prendre quand elle va faire les courses en ville.

— C'est marrant, je le voyais manger des bœufs entiers plutôt que des kumquats, plaisantai-je. Vu sa corpulence, un régime de kumquats ça ne me paraît pas tout à fait correspondre à son alimentation typique !

— Ici tous les Grecs en mangent et ça ne les empêche pas d'être obèses. Un quart de la population souffre d'obésité... Un autre quart est en surpoids.

Crois-moi, en allant à la plage, on se demande si ce n'est pas plus... Beurk ! C'est pas beau à voir quand ça se dandine dans tous les sens... On dirait que tout le monde est enceint. Même les enfants. Surtout les enfants.

— Heureusement qu'on peut compter sur tes gènes danois pour contrebalancer et préserver ta ligne, alors !

— Voilà ! Je mange comme une Grecque mais je reste élancée comme une Danoise. T'as de la chance de m'avoir, toi !

C'était la première fois qu'elle me parlait d'elle-même, sans y être contrainte par une de mes questions ou par les ricochets d'une conversation avec sa mère. L'effort lui coûta ; après avoir souligné son trait d'humour en faisant rebondir complaisamment son index sur le bout de mon nez, elle s'éloigna et me laissa spectateur d'un dialogue emphatique entre Jaser et Theodora. Lorsqu'ils eurent terminé, le petit chien fila derrière son maître et nous repartîmes nous enfoncer dans les chemins ombragés et caillouteux.

Outre l'obésité de la population locale que Lena m'avait pointé du doigt et qui à présent me troublerait fréquemment par son évidence, j'observai une autre caractéristique des habitants de Corfou : leur conduite insouciante et casse-cou. Je ne sais si je remarquai d'abord leur compréhension approximative des règles du code de la route ou l'abondance de stèles fleuries en bordure d'asphalte, mais, dès lors, une appréhension bouillonnante me crisperait à chaque fois qu'on me transporterait d'un point à l'autre de l'île.

La spécialité locale consistait à dévaler le plus rapidement possible les nombreux vallons escarpés en utilisant toute la largeur de la route pour optimiser sa vitesse. Lorsqu'un conducteur montait en sens inverse, les chemins se croisaient et une bataille de réflexes s'engageait dans un concert de klaxons et de crissements de pneus. Cela semblait une question d'honneur que de braquer en dernier. Tout le monde le faisait – voitures, motos, scooters et même vélos – ce qui expliquait la fréquence des accidents. Leur violence aussi. Les ventes de stèles pouvaient prospérer. Theodora, guère impressionnée par ces comédies, se gardait bien de prendre part à des duels. Elle mordait les bas-côtés de temps à autre, sans oublier de ponctuer ses sorties de pistes de ses fameux *« Malakas ! Malakas ! »*, comme un dernier rempart de résistance, aussi vain que consolateur, face à ces agressions de la route.

Ce jour-là, Theodora tenait à gravir le mont Pantokrator, le point culminant de l'île. Elle m'y montrerait les rivages de l'Albanie qu'on distinguait généralement assez bien par temps clair. Pour atteindre ce monticule de terre désolée dont toute la splendeur semblait avoir cramé sous l'insistance du soleil, nous traversions des villages de pierre où les habitants, qui s'invitaient les uns chez les autres à tour de rôle pour boire l'apéritif, gagnaient les rues et bloquaient le trafic. Une fois posés, ils stationnaient devant les maisons, encadraient leurs portes d'entrées sur des chaises basses installées sur des fins trottoirs et suivaient les voitures du regard. Bien souvent, ces « vaches de fin d'après-midi », comme je les surnommais, étaient des personnes âgées dont l'intérêt authentique pour ce spectacle fuyant en disait long sur la vie de désœuvrement qu'elles acceptaient.

Ces havres de paix, où quelques dizaines d'âmes coexistaient, disparaissaient aussi soudainement qu'ils étaient apparus et immédiatement nous étions rejetés sur ces routes desséchées, interminables lacets d'où pouvait à tout moment surgir un véhicule hors de contrôle. La conduite prudente de Theodora avait tendance à exaspérer, par son manque de puissance et de relances, les automobilistes qui s'entassaient derrière la Peugeot faute de pouvoir la doubler. Près de Pyrgi, lorsqu'une ligne droite suffisamment longue permit à cinq voitures successives de faire vrombir leurs moteurs sur notre gauche, nous faillîmes être victimes d'une queue de poisson au moment où un impatient trop téméraire se rabattait in extremis entre notre pare-choc et celui d'une camionnette fonçant en sens inverse. Nous étions arrêtés, quasi à la perpendiculaire sur l'accotement. De l'automobile fautive, on ne voyait plus que la traînée de la poussière qu'elle soulevait et qui se dissipait comme un nuage lentement désintégré, de plus en plus loin, de plus en plus haut…

— *Malakas* ! *Malakas* ! tonna la mère. Leninou, ils vont me rendre *completely crazy* !

Elle frappa violemment le volant avec le plat de la main. Nous barrions partiellement la portion droite de la route. Quelques véhicules passèrent sans même relever l'originalité de notre position.

— C'est toi, aussi, *Mamá* ! éructa Lena, visiblement ébranlée par cet accrochage évité de justesse. Pourquoi est-ce que tu te traînes toujours comme ça ? Tu vas nous faire avoir un accident, à force. T'en as conscience ?

— *Shut up*, Lena ! trépigna Theodora en redoublant d'énervement. Si tu n'aimes pas *the way* je conduis, passe ton *driver's licence* comme je te le *repeat* depuis des années ! *It'll be a nice change* pour moi d'avoir un chauffeur, *for once* !

Elle appuya convulsivement sur l'accélérateur et nous remit dans le sens de la marche tandis que la soudaine vitesse nous prit par surprise et nous écrasa un moment contre nos sièges. Sa tête posée en arrière, Lena tourna les yeux vers la vitre sur sa droite, rassembla toute sa mauvaise humeur et se mit à grogner :

— La prochaine fois, j'irai en vacances ailleurs. On passe notre temps à se trimballer en voiture et on ne va jamais à la plage… Tu parles de vacances…

— *May I remind you* qu'on est ici avant tout pour acheter des terrains *where we can build* des maisons ? Hellás est en plein boom. *In a few years*, les prix auront au moins *doubled* sinon *tripled around here*.

— Tout le monde viendra en profiter alors que nous on reste ici sans jamais rien faire d'autre que voir Jaser et visiter des terrains vagues... C'est vrai que ça fait rêver !

— *Stop* ton égoïsme, Lena ! *I'm preparing your financial future* pour toi et Artémis *since none of you* semble prête à prendre *a real job*.

Quand elle parlait sur ce ton intraitable, la conversation était finie et Lena, bien que cela la démangeât, ne pouvait rétorquer une ultime objection. Theodora plissa son visage. Chaque contraction laissait transparaître la déception que lui inspiraient les remarques de sa fille. Elle qui semblait toujours si sûre de ses émotions se fissurait peu à peu. Et les fêlures gagnaient en profondeur avec le temps. Sa sensibilité l'emportait tandis qu'elle ressassait dans ses pensées leur échange. La puérilité de Lena la contrariait. Mon effacement l'enrageait. J'étais persuadé qu'elle me tenait pour responsable du caractère actuel de Lena et que sa défiance vis-à-vis de moi ne cessait de grandir. Toutefois, lorsque son équanimité instinctive revint masquer sa colère, elle se reprit, revêtit un sourire factice et leva la voix pour que j'entende bien sa question :

— *And you*, Louis, ça ne vous intéresse pas de *buy some land* ici ?

— Je suis ici depuis quelques heures seulement et ne suis pas encore propriétaire à Paris, répondis-je naïvement. Ça ne fait donc pas spécialement partie de mes plans.

— Pourtant, *you're not a student anymore*, vous devez déjà avoir *saved up some money*, non ? Vous le placez en quoi ? Livret A ? *Stock* ? PEL ?

— L'emprunt que j'ai contracté pour financer mes études ne me laisse pas une grande marge de manœuvre en fin de mois... Le peu que je mets de côté, je l'investis généralement dans les actions de ma boîte.

— *You're wrong* ! Les actions *are not safe* ! L'immobilier *it's something concrete*, c'est inébranlable. Et *people* aimeront toujours les *sunny places* comme Corfou. C'est un excellent investissement. Et ici le marché est *so under valued* qu'on pourra faire *in no time* des plus-values de *several million euro*s *! You'll see* ! Et de toute façon...

— *Mamá*, laisse-le tranquille, coupa Lena, excédée. Tu vois bien que ça l'intéresse pas !

— Bon, on verra. De toute façon, *I'll need you* pour vous faire passer pour un touriste intéressé. *People know me* par ici et *they lie to me about* les prix. Si on vous *disguise* en Anglais ou en Hollandais, *I'll be sure to get the correct prices*. Et puis si ça vous intéresse *to invest, this way* vous aurez déjà tout négocié !

165

La fin de la journée dupliqua la première soirée. De retour dans le même restaurant que la veille, une jovialité inattendue s'instaura à nouveau entre nous trois. Lena trouvait dans la nourriture un réconfort qui lui faisait oublier l'amertume qu'elle traînait depuis la fin d'après-midi. Devant cette mine réjouie, sa mère, prompte à fléchir devant ses humeurs fluctuantes, se soulagea avec quelques verres de Tsípouro. Ce moment de détente se prolongea sur la terrasse de la maison, autour d'un digestif, à la croisée des brises nocturnes. Mes jambes et mes bras nus continuaient à fournir un terrain d'assaut aux moustiques mais, malgré les innombrables boursouflures qui donnaient à ma peau un aspect inégal et rougeâtre, je commençais à ne plus y prêter attention ayant déjà été livré en pâture aux suceurs de sang durant plus de vingt-quatre heures. Il y avait tant d'irritations que je ne savais plus où me gratter et préférais laisser les chauds courants d'air apaiser de leurs douces caresses les démangeaisons.

Parmi les multiples pots de peinture et les films protecteurs scotchés au sol par Jaser, Theodora prit place dans une chaise longue en nous attendant, nos tabourets pliables dans les mains. Elle laissa alors libre cours aux souvenirs de son adolescence où elle partait à la découverte des îles ioniennes chaque été avec ses parents. Le vin du dîner avait été remplacé par une liqueur de mastic qu'elle sirotait les yeux à demi-fermés comme une vacancière en recherche de repos. On percevait ses mots mais on ne la voyait guère, l'obscurité totale n'étant évitée que par une boule de lumière située dans un des coins les plus éloignés de la terrasse et dont le poudroiement lui conférait un halo.

Ses paroles déferlaient dans un courant vocal ininterrompu. Plus elle s'imbibait d'alcool, plus elle avait du mal à trouver ses mots en français. Après s'être resservie trois fois sans même nous proposer de goûter ces larmes de cristal, elle ne parlait plus qu'anglais et peinait à contrôler le débit décousu de son discours où elle rabâchait inlassablement les mêmes récits illustrés par les mêmes anecdotes. Je les entendrais tant de fois au cours des prochaines journées, qu'elles deviendraient presque des légendes. Il n'était jamais question que d'elle. Son égotisme me fatiguait. Le respect indolent de sa fille m'exténuait. Quant à ma soumission passive devant ces personnalités horripilantes, elle contaminait jusqu'à mes plus profondes velléités de sorte que je ne troublerais jamais le déroulement cérémonial de ces soirées. Nous n'étions réunis que par le corps; nos esprits se dispersaient irrévocablement.

Au milieu d'une histoire, où il était question de son premier travail comme intendante dans une librairie, Lena se leva et rentra se coucher. Je la suivis en bafouillant un expédient. Lorsque je refermai sur elle la porte du second étage, Theodora ne semblait pas avoir réalisé qu'elle demeurait seule. Dès lors, elle poursuivait la récitation de ses mémoires tout en sifflant le restant de la bouteille de liqueur. Elle trouverait peut-être dans les esprits des ténèbres un public à sa mesure.

Lena m'échappa lorsque j'essayais de la rattraper. Elle s'abrita dans la salle de bains. J'entendis l'eau du robinet couler et frappai à la porte sans réponse. Posté près de la table du salon, je guettai sa sortie. Dès que la poignée tourna, je me précipitai sur elle. Elle était vêtue d'un pyjama dépareillé qui moulait sa taille et laissait entrevoir une infime portion de chair entre son short et son débardeur. Suffisamment, toutefois, pour fouetter ma libido mise à mal par cette période d'abstinence dont le terme reculait de jour en jour.

Je l'interceptai avant qu'elle ne se faufilât dans sa chambre.

— Hier ce n'était peut-être pas le moment mais aujourd'hui on est tous les deux, entamai-je. Ta mère est là-haut en train de divaguer. Il lui faudra des heures pour décuver. Si c'est elle qui te bloque, là on est tous seuls. Alors, qu'est-ce qu'il y a ? Dis-moi !

Elle ne bougeait pas. Les verres épais de ses lunettes dédoublaient l'expression amorphe de ses yeux. Si je ne la connaissais pas, j'aurais pu croire qu'elle ne me comprenait pas. Elle attendait que je me décourage pour éviter à nouveau une confrontation.

— Qu'est-ce qu'il se passe ? Dis-moi !

— Il n'y a rien du tout, déclara-t-elle le plus simplement du monde. Laisse-moi, s'il te plaît. Je suis simplement fatiguée. *Mamá* me fatigue et il fait trop chaud pour rester debout.

Elle se pencha en avant en tenant en équilibre sur ses doigts de pieds et m'embrassa sur la joue tandis que je posais mes mains sur ses hanches. Elle les repoussa et, d'une griffe algide, me souhaita « Bonne nuit, Louis ».

— Là tu vois, ça recommence ! m'écriai-je. Lena, qu'est-ce qu'il se passe ? Je te laisse à Paris terrorisée à l'idée de partir et je te retrouve transparente et constamment préoccupée. C'est comme si je n'existais pas ! On ne dort pas ensemble, on se prend à tour de rôle et sans cesse des remarques acerbes de ta mère, tu m'évites en permanence... Bref, j'ai pas vraiment l'impression d'être à ma place. Donc je te le redemande : qu'est-ce qu'il se passe ?

— Mais rien, puisque je te le dis ! protesta-t-elle. Je ne vois pas ce qui te semble si anormal. Tu vois toujours des choses bizarres partout.

— Oui, c'est sûr tout me paraîtrait normal... si j'étais un ami de la famille. Mais, aux dernières nouvelles, on est quand même ensemble, Lena ! Je dors seul et toi tu partages la chambre de ta mère, quoi ! Il devrait y avoir deux choses qui te choquent dans cette phrase ! Et c'est uniquement les plus évidentes...

— Peut-être mais, *aux dernières nouvelles*, on est ici chez *Mamá*, vociféra-t-elle passablement agacée. Donc on respecte ses règles. *Aux dernières nouvelles*, on

169

n'est pas marié donc on fait chambre à part. Si le copain d'Artémis était venu, il aurait dormi avec toi. Ce n'est pas compliqué à comprendre ! C'est dommage qu'il ne soit pas venu, d'ailleurs, tu te serais sans doute senti moins seul.

L'ayant peu à peu acculée contre le mur à mesure que le ton montait, je l'obligeai à se dégager. Elle se sauva avec malice pour retrouver sa tranquillité perturbée par mon intrusion. L'air de la porte qu'elle claqua dans un éclat retentissant me gifla et fut perçu jusqu'à l'extrémité des cheveux formant ma houppette.

XI

Autrefois, il la conduisait souvent à une forêt de chênes qui se tordait entre des collines sèches et escarpées. Il y avait gravé au couteau d'inlassables messages d'amour dans l'écorce des arbres auxquels elle répondait par des baisers ardents, incandescence dans la nuit. Il crapota une nouvelle cigarette et se rendit sur place.

Le lendemain, les mêmes symptômes redoublèrent. Dans l'oisiveté de nos journées, notre écœurement se renforçait. Les tensions tripartites s'affirmaient lors de silences oppressants et dans la tonalité paresseuse de nos rares échanges, prodromes de notre contrariété refoulée. Je n'existais plus pour Lena. La colère de la veille avait fait place à une totale adiaphorie de ses sens. Elle transitait mollement de pièce en pièce sans conviction ni plaisir. Theodora ne me parlait plus que pour me demander si j'avais fini mon assiette. Je profitais de leurs occupations dans la maison pour m'isoler dans un renfoncement du jardin et appeler Delphine. Elle saurait quoi faire pour me tirer de ce formidable bourbier. Mais toutes mes tentatives de la joindre échouèrent, mon portable n'arrivant à capter aucun réseau dans ce trou, et se soldaient inlassablement, après une recherche désespérée d'un opérateur, par trois bips, ordonnés du grave à l'aigu. *Et c'étaient comme trois coups brefs tintant dans l'antichambre du malheur.*

Nous nous traînâmes jusqu'au soir, instaurant les bases de la routine qui nous occuperait jusqu'à notre retour en France. Seule la compagnie masculine de Jaser m'apportait un inespéré soutien moral. Ses tâches le rompaient mais il avait toujours pour moi des regards compatissants et refusait mon aide. Il diffusait autour de lui une bienfaisance crédule qui me touchait. Son comportement à la fois effacé et brusque lui donnait une imprévisibilité heureuse, prête à m'arracher un sourire quand bien même rien ne poussait plus à rire. Son extravagance d'empoté me manquait lorsque, nous nous retrouvions, encore, tous les trois le soir sur la terrasse dans une disposition quasi identique à la veille. Mais cette fois-ci, je partis me coucher avant que Theodora ne sombrât dans une ivresse liquoreuse.

Dans l'exclusion de ma chambre dépourvue d'ornements, cette nuit, j'envisageais les prochains jours sans être prêt à en supporter l'étrange adversité. Une nuée de moustiques, par les battements d'ailes aigus, m'empêchait de fermer l'œil, tout occupée à trouver une fente dans la toile de protection qui me préservait de leurs piqûres invisibles. Torse nu à même les draps du lit, j'étouffais sous la lourdeur inexorable de l'air. Chaque bouffée inspirée répandait dans mon corps son poids incendié. Mon sommeil se morcelait par petits bouts : à chaque réveil, la hantise renouvelée de ne pas réussir à me rendormir immédiatement et de perdurer ainsi jusqu'au lever du jour dans cette enfourchure entre deux assoupissements.

Entre rêveries ésotériques et pensées se dérobant à mon raisonnement, je m'enfonçais dans des souvenirs d'âge tendre peuplés de présences féminines. Mon éducation et mon enfance étaient étroitement liées aux femmes. Ma mère ainsi que mes deux sœurs jumelles, de dix ans mes aînées, avaient comblé sur un plan émotionnel le départ de mon père, peu après mon troisième anniversaire. Dans ce carcan de délicatesse, je fus chéri comme une présence exceptionnelle. J'y appris très tôt, et sans m'en apercevoir, les rouages intangibles de la psychologie féminine avec les amies de mes sœurs qui flânaient à la maison comme des invitées permanentes. Elles m'accordaient toute leur attention et me câlinaient affectueusement comme leur animal de compagnie préféré. Ces moments passés avec elles ont été, jusqu'à mes premières expériences sexuelles, mes plus fortes réminiscences érotiques.

Je rôdais autour d'elles et puis, sans prévenir, je partais m'enfermer dans ma chambre. Un félin agile et caractériel. Plus je les négligeais, plus ces adolescentes semblaient s'intéresser à moi. Elles laissaient passer quelques instants et me rejoignaient systématiquement dans ma chambre où elles continuaient de parler entre elles en mêlant à leurs histoires des rires vifs et perçants jusqu'à ce que je déguerpisse plus loin et qu'elles me suivent à nouveau. Plus je singeais une bouderie, plus elles se hâtaient de me réconforter. Je ne sus jamais si elles étaient dupes de mes simagrées, mais elles redoublaient d'efforts pour me choyer. Ce que je perdais en figure paternelle, je le gagnais en prévenances féminines.

Tout était à ma portée, alors.

Puis, elles grandirent et me laissèrent de côté. Leurs amies ne venaient plus à la maison. Elles-mêmes n'y restaient guère plus. Leurs vies étaient ailleurs. Elles sortaient fréquemment en début de soirée, après avoir expédié leurs devoirs aussi vite que le dîner, et revenaient avant minuit, raccompagnées par des types chevelus plus âgés luttant avec des résidus d'acné sur leurs figures perdues entre deux âges. Je veillais invariablement à ma fenêtre jusqu'à leur retour. Dans la chambre attenante, ma mère faisait de même, pour d'autres motifs. À dix-huit ans, elles partirent étudier à l'autre bout du pays. Je ne les revis qu'il y a deux ans pour leur mariage simultané à un couple de jumeaux chinois, peu boutonneux et aux cheveux courts, eux. Le mariage... Cette condition nécessaire et préalable au divorce...

Les deux ménages s'installèrent près de Chongqing et créèrent une usine spécialisée dans la fabrication massive d'écrous qu'ils exportaient principalement dans les pays européens. Nous reçûmes peu de nouvelles, d'abord. Leurs affaires, après des périodes délicates de préparation et de rodage, décollèrent. Ils déménagèrent et firent construire deux grandes propriétés, côte à côte, semblables en tous points comme les visages identiques de ces deux couples. Il y avait quelque chose de comique dans ce souhait permanent de mimétisme absolu qui se déclinait dans tous les compartiments de leurs vies.

Lorsqu'à mon tour je quittai ma mère, pour goûter à la déconvenue de l'éducation supérieure, je la plongeai dans un monde de solitude dont les affreuses conséquences quotidiennes ne m'avaient jamais frappé jusqu'à ce que je sois ici, à Corfou, sous cette moustiquaire, par cette chaleur accablante, exilé par cette alliance mère-fille irréversible et rongé par ces réflexions parasites. Cet abandon piteux que je ressentais, au milieu de la campagne grecque, me paraissait la mise en images la plus appropriée des longues plages atmosphériques de Sigur Rós où résonnaient des arpèges fluides de guitares, des pianos nordiques dépressifs et un chant arachnéen. Et lorsqu'on commence à ressasser du Sigur Rós, le peu d'optimisme qu'il nous reste se voit progressivement gangrené par ces lugubres mélodies, éloges panégyriques des terres islandaises au plus froid de l'hiver…

Nous étions-nous engagés dans cette relation contre nature ? Les rencontres Internet, par leur artificialité, débouchent-elles toutes sur ce constat d'échec ? Ne valait-il pas mieux saisir le hasard comme j'avais saisi Laetitia lorsqu'elle m'était tombée dans les bras ?

Mon esprit allait et venait sur ces questions qui n'appelaient aucune réponse absolue, n'étant au fond que de sordides conjectures à vérifier avec le temps. Le sommeil s'éloignait tandis que mes pensées s'activaient. Je projetai de rentrer à Paris pour quitter ce marécage de négativité mais ne pus me résoudre à cette fuite. Les rapports se détendraient nécessairement. Lena se remettrait sur les rails de la logique et tirerait avec elle Theodora. Nous ririons de nous être tant emportés et d'avoir chacun été si borné sur des positions individualistes et d'apparence si nébuleuses.

En me levant pour prendre un verre d'eau dans le frigo et ainsi freiner les effets étouffants de l'étuve nocturne, je remarquai la porte de la chambre voisine anormalement entrebâillée. Lorsque je versai l'eau du robinet, en patientant jusqu'à une température assez fraîche, mon regard, qui sondait la nuit à travers la vitre, fut attiré par une silhouette tapie dans l'ombre au niveau du portail automatique. Je dus m'y reprendre à plusieurs fois, sous différents angles, pour me convaincre véritablement d'une présence humaine. Mais il n'y avait aucun doute : quelqu'un était là, immobile et camouflé, derrière les grilles mécaniques.

J'endossai mes vêtements de la veille et prudemment descendis le chemin sur la pointe des pieds tout en évitant soigneusement l'éclairage. Je m'accroupis à une dizaine de mètres du but et guettai des déplacements d'ombre ou des bruits de mouvement. Rien. J'attendis encore à croupetons afin de mieux fureter les alentours. Puis, lorsque je me sentis suffisamment bête, je me relevai. Il n'y avait personne. Il n'y avait jamais eu personne. Qui aurait voulu venir ici ? Mon œil avait dû être attiré par un animal qui passait par là ou par les reflets des phares d'une voiture sur la grille. Je me dirigeai d'un pas convaincu vers le lieu de mes soupçons afin d'en laver les derniers doutes lorsque d'un buisson surgit une voix étouffée et catégorique :

— *Louis ! Stop !*

Si je n'avais pas immédiatement reconnu Theodora, l'effroi m'aurait fait soudainement bondir comme un chat arrosé. Au lieu de ça, je restai interloqué en attente d'une réaction devant celle qui implorait mon silence par un index levé devant ses lèvres et un regard dissuasif. Elle était rigide et inquiétante, pareille à une affiche de film d'horreur. Elle était sortie de la maison comme un somnambule, vêtue de sa chemise de nuit décolorée, des pantoufles aux pieds. Planté dans les graviers, je scrutai rapidement les alentours à la recherche d'un danger quelconque. Je finis par la rejoindre.

Elle m'expliqua dans un langage encore plus haché et hésitant qu'à l'accoutumée qu'il ne fallait pas *l'effrayer*. Que, cette fois-ci, elle *la verrait* enfin monter et qu'elle *la suivrait* pour comprendre ce qui *lui était arrivé*. Elle contracta son visage et murmurait tout bas des interrogations inintelligibles. D'évidence, je l'avais trouvée en plein délire paranoïaque. Provoqué par un cauchemar, la liqueur de mastic ou un équilibre mental précaire, il défigurait sa face en habitant ses yeux d'une essence étrangère et en convulsant sa mâchoire de spasmes saccadés. J'ignorais de qui elle parlait mais son attention était braquée sur quelque chose situé derrière le portail, entre les grilles et la route. Elle ne s'en détournait pas, à l'instar d'un fauve dissimulé dans les broussailles et entièrement concentré sur les gesticulations de sa proie.

J'allongeai le cou pour comprendre ce qui la captivait de l'autre côté de la séparation mais aussitôt elle m'attrapa par l'épaule et me fit signe à nouveau de ne pas faire le moindre bruit. J'attendis encore, perplexe et désemparé. Rien ne se passait. Pourtant, Theodora ne perdait pas patience et restait inébranlable dans sa posture de guet. Las de cette temporisation excessive, je me risquai à lui demander une explication en contenant le volume de ma voix au plus bas. Elle me répondit, irritée, en se redressant et en reprenant son expression normale :

— Et voilà ! *What did I tell you* ? Vous l'avez fait partir, *with all your racket ! You can't stay* tranquille pendant plus de *thirty seconds* ou quoi ?

— De quoi parlez-vous ? Il n'y a rien ici ! Je vous demandais simplement ce que nous étions en train de faire, cachés dans le jardin à quatre heures du matin.

— *It's not because* vous ne voyez rien qu'il n'y a *nothing there !*

— …

— *You scared her*. La pauvre…

— Quoi ? Mais, de qui parlez-vous ?

— *Come inside*, je vais vous raconter *what happened. You look like* vous avez besoin de *some explanations.* Et de toute façon, *she won't be coming back…*

Nous remontâmes le chemin de gravier sans contrarier la quiétude opaque des ténèbres. Theodora alla fermer la porte de la chambre où Lena ronflait d'un ronronnement de pochtron puis nous servit deux verres d'eau. Après avoir bu le sien d'une traite, elle commença à exposer une kyrielle d'histoires invraisemblables. Elle expliquait avoir des dons surnaturels lui permettant de percevoir des phénomènes là où le reste du monde ne voyait rien. Petite, elle avait annoncé que la foudre frapperait, un jour avant son impact. Elle avait réussi à entendre un

179

message de son oncle décédé dix ans auparavant. En vieillissant, les contacts avec l'au-delà devenaient plus fréquents et ne se limitaient plus à son entourage familial ou amical. Il lui arrivait couramment de voir et de parler avec des fantômes d'inconnus.

L'entendre narrer, l'œil piqué à vif, ses témoignages où ses souvenirs confinaient à la folie raffermissait mon sentiment d'aliénation. Le plus dur était de ne pas éclater de rire à chaque récit qu'elle débitait, chargée de componction et d'emphase pareille à une actrice débutante au jeu lourd. Selon elle, elle avait gagné non seulement le droit de s'entretenir avec des esprits mais également des facultés prophétiques qu'elle utilisait pour prédire l'avenir. Elle recevait des fulgurances à n'importe quel moment de la journée ou de la nuit sans en pressentir la source et se devait alors d'en délivrer le message aux personnes concernées. Son électro-sensibilité extrême avait nécessairement un rapport avec ce qu'elle pensait être une acuité hors du commun. Je laisserais le lecteur juge de la plausibilité de ces avancements. Pour ma part, je ne leur accordai aucun crédit sinon celui de me distraire dans un contexte et à une heure peu favorables.

Lorsqu'elle en vint enfin à aborder les événements de la nuit, j'avais depuis longtemps perdu espoir en une explication rationnelle de ses agissements noctambules. Il fallait croire que ma mine ne montrait aucun signe d'ennui puisque Theodora s'élança dans une autre déclamation, plus détaillée et improbable encore.

Le premier été qu'elle avait passé dans la maison de Corfou, un accident de voiture eut lieu dans le virage devant le portail d'entrée. La violence fut extrême. Une jeune femme y trouva la mort sur le coup tandis que le conducteur fautif en réchappa avec des séquelles graves aux genoux et à la colonne vertébrale. Depuis, régulièrement, Theodora était persuadée que le fantôme de la victime errait sur le lieu de cette collision fatale. Et c'était elle qu'elle espionnait au moment où je l'avais dérangée, dans l'espoir qu'elle rompît le silence.

— Elle ne m'a jamais parlé. *She's dressed* tout en blanc, dans une robe *from the sixties*, et *she seems to be… waiting* for quelque chose. Je l'observe depuis longtemps car *I always feel her presence when* elle est là. *One day,* elle a arrêté une voiture *that was going by*. Comme une *hitchhiker*. Je suis sûre qu'elle *look for the man* qui l'a tuée. C'est une *lost soul*.

Il fallait éviter de la relancer. J'en avais assez de ses histoires inextricables et voulus retourner dormir. Elle m'arrêta en chemin et rajouta :

— *You don't believe me* mais tout est vrai. Vous verrez !

— Vous m'en reparlerez tout à l'heure, répondis-je. Pour le moment, nous ferions mieux d'aller nous reposer. Bonne nuit.

— Louis. Attendez.

Elle me pria de m'asseoir et commença à décrire l'importance occupée par Artémis et Lena dans sa vie. Depuis un an, elle les sentait s'éloigner et privilégier leurs vies sentimentales. Elles dînaient peu fréquemment toutes les trois ensemble, dorénavant, et, les week-ends, Theodora restait de plus en plus souvent seule à s'employer aux tâches ménagères, face à face avec son veuvage. Elle avait eu du mal à accepter le nouveau rôle de ses filles mais s'en était finalement accommodée, réalisant tout ce que Ronan et moi leur apportions et qu'elle ne pourrait jamais fournir.

Mais, un soir à Paris elle avait été frappée d'une de ses prémonitions-éclairs et avait eu une vision du futur de ses enfants. Elle n'incluait ni Ronan ni moi-même. Elle me révéla cela le plus naturellement possible, avec la distance factuelle d'un médecin annonçant un cancer à son patient. Elle ajouta que cela était facilement compréhensible, que les arguments ne faisaient pas défaut : nous avions tous les deux de grandes ambitions qu'il convenait de ne pas barrer, il ne fallait pas que nous perdions notre temps dans une amourette sans avenir, je ne correspondais pas au genre de la famille... La gravité du propos, le non-fondement de sa source et le ton employé rendaient compliqué de formuler une réponse appropriée.

Si elle avait voulu me convaincre de la justesse de ses « dons » en déroulant la liste de ses exploits passés, elle avait raté son objectif. Désarçonné et épuisé, je préférais ne rien dire. De toute manière j'étais bien incapable de faire preuve d'un quelconque désaccord devant sa stature intimidante. Ce n'était pas le genre de personne qu'on pouvait admonester et je ne me trouvais pas en position de le faire, étant son invité et souffrant d'une cote de popularité au plus bas auprès de Lena. Je me reprochais d'être, contre l'avis de tous et la raison-même, venu ici affronter dans un combat perdu d'avance celle qui n'avait jamais voulu de moi et me le faisait savoir de plus en plus explicitement. Ronan, en refusant de participer à ce jeu de lente démolition nerveuse, restait en vie mais il ajournait l'échéance. Theodora l'aurait à son tour dans le viseur et l'abattrait froidement.

Alors qu'elle guignait ma réaction, curieuse et légèrement hésitante tant le silence s'étirait, je mis mes mains sur la table, tournées vers l'intérieur, l'une en direction de l'autre, les bras en arc de cercle, et donnai une impulsion avec mes jambes pour placer mon visage près du sien. Tout bas, entre les dents, ma réplique devança ma pensée, indomptable :

— Il est temps pour vous de passer le relais. Vous ne l'aviez sans doute pas *vu* venir mais c'est inutile d'aller inventer n'importe quoi à présent. Agitez-vous autant que vous voulez, racontez ce qui vous passe par la tête, si ça vous chante : ça ne changera rien. J'encaisse et je reste.

Interdite, elle ne répondit rien et me laissa rejoindre ma chambre. Le matin, il ne fut plus question de cet accrochage. Le vent s'était levé et avec lui la bonne humeur était revenue. Lena, fringante et dispose, proposa d'aller à la plage. Son idée fut accueillie par un dynamisme jovial. Après un voyage rendu rapide par l'impatience, nous étions déjà installés sur le sable chaud d'Agios Stefanos, empressés de nous revigorer dans les eaux limpides situées à l'extrémité ouest de l'île de Corfou. Nous plantâmes un parasol avant de nous enduire de crème solaire. J'avais de loin la peau la plus blanche parmi tous les locaux et les touristes se calcinant comme des étoiles de mer sur leurs serviettes de bain après s'être baignés. J'aperçus même une famille de roux ayant davantage de marques de bronzage que moi sur leurs peaux laiteuses. Plus de temps à perdre : « à l'eau ! », criai-je.

Lena me talonnait et me dépassa au moment où je m'immergeai dans une mer calme sans remous. En sortant la tête de l'eau, je me retournai vers la plage et me délectai de la vue idyllique s'offrant à nous. Des dizaines de transats et de chaises longues se succédaient dans de longues lignes horizontales parfaitement ordonnées. Derrière, des collines pelées tombaient vertigineusement à quelques encablures de la mer. De loin, la garrigue rampante faisait paraître leurs flancs comme souillés d'une mousse verte, compacte et visqueuse. On devinait la présence d'un village ancien abritant des habitations dont certaines bénéficiaient d'une magnifique vue plongeante sur la baie. Sur le rivage, des troupeaux d'individus allaient et venaient près de l'eau, mouillant seulement leurs pieds à mesure qu'ils parcouraient l'étendue de la plage sur la longueur. D'autres couraient après leurs enfants, d'autres encore jouaient au ballon ou aux raquettes. Mais la plupart était là, à mes côtés, dans cette mer tiède d'une pureté quasi vierge sur laquelle papillotaient, comme un essaim infini de lucioles aquatiques, les rayons du soleil.

Je sentis à plusieurs reprises quelques gouttes venir mourir sur mon épaule et ma joue : Lena m'éclaboussait en utilisant sa main comme un propulseur d'où jaillissaient des gerbes d'eau. Je m'approchai pour l'imiter puis elle recommença jusqu'à ce que nous nous rapprochions suffisamment pour nous attirer mutuellement sous l'eau, emportant avec nous nos rires bêtes d'enfants. La voir ainsi se dépenser, hilare en toute simplicité, se trémoussant avec bonheur, gonflait en moi mon amour pour elle, cet amour consumé par le regret. Un aperçu de sa splendeur passée, depuis évaporée sous les latitudes méditerranéennes.

Elle alla se sécher la première. Je me prélassai encore quelques instants, nageant par courts sprints puis m'arrêtant pour flotter sur le dos, inerte telle une bouée gonflable. Des courants apportaient par moments une fraîcheur surprenante et, en se conjuguant à la houle, infusaient une âme dans cette mer tranquille agitée de frissons involontaires. Agile comme une anguille, Lena se laissa porter jusqu'à avoir pied et se mit debout. Elle emportait sur sa silhouette une masse liquide qui aussitôt retombait dans son élément. Elle avait les atours modernes d'une nymphe se baignant dans les cascades des villages antiques. Gracieuse dans sa démarche, mais quelque peu gênée par la résistance de l'eau, elle essora ses cheveux enroulés en une grosse natte et étala sa serviette, non loin de celle de sa mère, pour se poser dessus face à la lumière.

Je les rejoignis pour mieux repartir. L'heure approchait de midi. Les ombres diminuaient et disparaissaient presque sous un soleil proche de son zénith. Je sentais ma peau détrempée pétiller sous cette forte chaleur. Elle n'y laissait qu'une misérable pellicule salée et quelques grains de sable séchés, amusants à épousseter. Theodora, assise en lotus sous son parasol et recouverte d'un fin châle, chahuta l'indolence de notre séance de bronzage en nous mettant en garde de sa voix désuète :

— Attention au *sun ! You should be more careful* à cette heure-ci de la journée. Surtout vous, Louis ! *It looks like your skin* n'a pas vu la lumière *since* au moins *a whole decade !* Je ne veux pas être complice de *your forthcoming cancer.*

186

Elle nous traitait systématiquement comme des enfants en menaçant par ses grondements vigilants tout ce que nous pouvions faire, se mêlant de la plus inoffensive action où personne ne voyait le moindre danger. Ce n'était d'ailleurs pas ciblé contre moi en particulier, mais contre tous ceux qui avaient affaire à elle, ses propres filles n'avaient pas de passe-droit. Même Jaser, en grec, devait y avoir droit. Et toujours cette même faculté chez ses interlocuteurs à se plier à ses ordres et à traduire ses avertissements en une marche à suivre.

Plus tard, au cours de l'après-midi, elle s'était assoupie, un livre sur le ventre, dans un fauteuil de la pièce qui s'ouvrait sur le balcon. Lena lavait nos assiettes et pestait sur le gras qui refusait de partir lorsqu'elle m'entendit arriver.

— Est-ce que ça va continuer longtemps, cette comédie ? Apparemment tout le monde joue un personnage mais on a dû oublier de me distribuer mon rôle.

Elle arrêta de frotter, retira ses gants en plastique rose et se posta de l'autre côté de la pièce en me regardant de ses yeux globuleux, prêts à entrer en éruption.

— Qu'est-ce qui ne va pas à la fin ? continuai-je sans pouvoir contenir mon exaspération.

— Qu'est-ce qui te fait penser que ça ne va pas ?

— La façon dont tu me parles. Ou plutôt dont tu ne me parles plus.

— Et bien, là, je te parle.

— Je savais que tu me dirais ça. Pourquoi est-ce que tu éludes tout ?

— Pourquoi est-ce que tu me demandes ça ?

— Rien. Juste comme ça. Pour bavarder... Bon sang, Lena, tu ne peux pas être sérieuse ! Pourquoi es-tu constamment de mauvaise humeur depuis que je suis arrivé ?

— C'est vrai. Tu as raison. J'étais de mauvaise humeur mais maintenant je ne le suis plus. Regarde, je souris.

Elle contracta ses joues du mieux qu'elle put pour étirer ses lèvres en forme de banane. Elle ressemblait à un dessin japonais au sourire excessivement forcé. S'assurant que son message avait été compris, elle se mit à l'abri de mes intrusions dans sa chambre. L'atmosphère dans ces murs devenait bien trop pesante. J'espérai trouver dehors de quoi aérer mon esprit. Mais je n'y trouvai que Jaser, arrivé le matin pendant le petit-déjeuner. Tout le monde l'avait oublié depuis. Il s'acharnait à construire un bassin dans le fond du jardin sur le replat du talus derrière la bâtisse. Je m'approchai pour voir comment il s'y prenait lorsqu'il me salua, bonne pâte :

— *Hey, my friend! Luis, my friend! Haha!*

— Hey, Jaser. You're still working? I don't know how you can stay under that sun for so long... It's almost six! You've been here for, what... ten hours?

— Yeah, my friend. Lot to do!

Un plan avec des schémas, des dessins et autres gribouillis était aplati par terre par quatre gros cailloux. Jaser s'y référait sans cesse et comparait la théorie avec la réalité. En dépit de ses gestes hésitants et de son air incrédule, il avait creusé un trou qui commençait à ressembler à la forme finale que les Sørensen avaient imaginée : un genre de cacahuète géante surplombé d'une cascade à étages et entouré partiellement d'un petit muret en pierres plates. Même les nénuphars étaient représentés sur l'esquisse. Assoiffé d'une conversation normale avec un vrai dialogue, je faisais mine de m'intéresser à son ouvrage et lui demandais de m'expliquer à quoi il était occupé.

— My English... not so good... Haha ! I'm doing... this ! Haha ! Can you help? implora-t-il naïvement en réprimant un rictus.

Il avait fini d'excaver le sol et procédait maintenant à la pose d'un feutre d'isolation thermique. Je l'aidais à le positionner en me montrant le plus discret possible afin d'éviter une nouvelle humiliation verbale de Theodora. Heureusement, elle ne se montra pas et ne vit pas que je mettais entre parenthèses son farniente conseillé. Le bassin était conçu sur plusieurs niveaux de manière à retenir la chute trop brutale de l'eau et d'éviter l'éboulement du talus de terre. La partie la plus large se trouvait à sa base et c'était là que les plantes aquatiques et les poissons vivraient. Jaser avait préparé des grands sacs contenant du sable et du ciment pour consolider l'ensemble de la structure en un seul bloc solidaire.

La mixture appliquée, ma faible condition physique m'obligea à m'écrouler au pied d'un des grands peupliers pour reprendre mon souffle. Cela amusa beaucoup Jaser, lui qui ne semblait marqué que par un léger voile de fatigue. Il ne lui restait plus qu'à inclure une bâche en polychlorure de vinyle, chargée de l'écoulement de l'eau vers le bassin, et de construire le muret. Mais sa journée se terminait là. Il continuerait dès le lendemain matin et à la même heure demain des carpes koï, des ides et des poissons rouges nageraient dans leur propre piscine, unique retraite pacifique de cette maison aux intentions floues.

Je repensai à ce que Theodora m'avait dit à propos de Jaser, le lendemain de mon arrivée, et voulus le questionner sur son histoire. Je fis des efforts pour employer un anglais aussi simpliste que possible.

— *Theodora told me you're from Albania and that all your family still lives over there. So, why are you here, in Corfou?*

— *Why? I come here, I swim… In the Ionian sea. It's six years now. So hard, my friend… Almost dead me. But I make good money here.*

— You couldn't make "good money" in Albania?

— In Albania, there is no, nothing. Country so poor and no working. No working for me. No working for my family. No working for friends. No working for no one! Haha! Just shit job. Now, In Corfu, I can send money to Aurora. Aurora she my wife. Then, I go back and buy house. With my garden and my… limnoúla*!*

Il pointa le bassin en prononçant ce mot grec ou albanais qui m'était inconnu mais dont l'harmonieuse consonance avait plus de grâce que ses équivalents français ou anglais.

— Why don't you go back now? poursuivis-je.

— Need more money. Greeks don't pay lots of cash, my friend! Haha! But ten years in Greece is more money than one life in Albania. And Theodora is good with me. She nice woman. And no taxes here, very good. Haha!

— And you've never seen Aurora since you left for Corfou?

— No. Don't need to see her. I love her. She love me. That's all important, no? We just waiting for to be happy. Soon… Two years… Three years? It's ok. Then we'll do little Jasers! Haha! And you? Why you here, in Corfou, my friend?

Il avait touché un point sensible. Mes pensées furent aspirées par un siphon invisible. Mon expression perdit toute consistance lorsque je balbutiais, comme vidé de tout mon tempérament :

191

— Me? Well, that's a question I really wish I knew the answer to.

XII

Il erra, désorienté, dans les chemins d'herbes râpées. Il ne trouvait plus aucune trace des initiales creusées dans sa jeunesse. Elles avaient disparu, comme Njome. En dépit de l'ombre fournie par des arbres aux proportions immenses, Christos évoluait dans un brasier inépuisable qui le troublait toujours autant. Il récupéra le bidon d'essence dans le coffre, une boîte d'allumettes dans la poche arrière de son pantalon.

Au milieu du séjour, l'ennui des journées fut brisé par l'arrivée prochaine d'Artémis. Autour de sa venue se cristallisaient toutes mes promesses de lendemains plus accommodants. Theodora pria Lena de laver la voiture avant notre départ pour l'aéroport. En dépit de mon insistance pour me rendre utile et rompre mon désœuvrement, elles se liguèrent contre moi pour me défendre d'aider. Je suivis tout de même Lena lorsqu'elle prépara ses seaux d'eau et ses éponges. Elle se coiffa d'un bandeau jaune pour retenir ses cheveux en arrière et enfila, pour éviter de se salir, un vieux t-shirt d'homme, trois tailles trop larges pour la largeur de ses épaules. Elle porta ses trois seaux en plastique près d'un robinet extérieur pour les remplir et les amena, non sans peine, un à un à la voiture. La Peugeot patientait sur le côté de la maison, dans un large pan d'ombre où la lumière du soleil ne se faufilait jamais, entre les fondations et l'abri d'une végétation décharnée.

Lena versa le produit nettoyant dans un des récipients. Instantanément des bulles parurent à même l'eau. Certaines éclataient lorsqu'elle agitait le mélange. Elle mouilla le capot, le coffre et les portières avant d'en caresser les moindres contours avec une éponge gorgée de shampooing. Elle rinça ensuite l'ensemble des parties savonnées et les libéra de cette texture blanchâtre qui s'était mêlée à la saleté arrachée de la surface. Elle répéta plusieurs fois l'opération pour s'assurer de la qualité du résultat. Enfin, elle nettoya les vitres avant d'aller chercher un escabeau pour faire de même avec le toit. En une demi-heure, tout brillait. Sans la tôle froissée par endroits, on aurait pu croire le véhicule neuf.

Elle vidait ses trois seaux dans une bouche d'évacuation lorsque Theodora parut. Aussitôt, elle inspecta le travail en tournant scrupuleusement autour de l'auto.

— *Did you start* en lavant le toit *of the car ?* questionna-t-elle d'un ton belliqueux.

— Non, j'ai fini en lavant le toit et...

— *How many times* dois-je te le dire ?! coupa-t-elle violemment. *You have to start* par le toit *or els*e l'eau ruisselle et laisse des *stains right wher*e tu as commencé ! *And did you use* la peau de chamois ?!

— J'ai pris le...

— Tu deviens *careless*, Lena ! Je te demande *not much* mais tu n'es même plus *capable to do it correctly.* Là ! Je vais le faire *myself. As usual.*

Alors que Theodora, rouge de colère, reprenait le lavage depuis le départ selon sa propre méthode, Lena, rouge de honte, s'était ruée à l'intérieur de la maison et je demeurais, rouge d'avoir trop pris le soleil, dans le jardin. Réparant les erreurs de Lena, la mère Sørensen finit par bichonner sa voiture avec une chamoisette. Une fois sa corvée terminée, elle jeta d'un geste plein de rage la peau de chamois, noire d'impuretés, dans un sac poubelle. Elle remonta rejoindre sa fille et fit un crochet pour me prendre à parti :

— *This is how you do it* quand on pense à ce qu'on fait. Prenez-en de la graine, Louis, *and stop daydreaming.*

Je développais une habileté fort utile à l'écouter sans l'entendre si bien que ses allusions prévisibles me faisaient ironiser d'avance. En attendant leur retour, j'aperçus leurs silhouettes par une fenêtre de la pièce principale. Je reculai pour mieux distinguer ce qu'il s'y passait. Elles semblaient se crier dessus mais je n'entendais pas un mot. Je me trouvai devant un écran sans son retransmettant une webcam de téléréalité. Theodora sortit du champ brusquement et frappa le crâne de Lena avec la partie solide d'une brosse à cheveux. Sitôt, elle laissa sa mère qui machinalement se recoiffait tout en continuant à s'expliquer. Je ne comprenais rien à la scène. Toutefois, un coup de brosse sur la tête ne pouvait être bien naturel…

Néanmoins, elles arrivèrent ensemble à la voiture, prêtes à partir. Lena simulait une sieste à l'avant et évitait ainsi de nous parler. Theodora, elle, soulignait par une hargne et un bougonnement particulièrement hostiles ses « *Malakas ! Malakas !* »

Lorsqu'Artémis monta avec nous, elle palpa immédiatement la tension et tenta de l'éclater en raillant nos mines renfrognées. Sa vitalité conviviale détendait l'ambiance même si j'étais trop farouche pour rebondir dessus. Plus elle essayait de dérider sa sœur et sa mère, plus elle prenait la mesure de la mésentente. Elle se réduisit au silence toute seule :

— Puisque c'est comme ça, moi aussi je dors !

De retour dans la maison, les lumières criardes de la télévision nous reçurent. Certainement un oubli consécutif à la dispute. On voyait un journaliste dans une forêt carbonisée gesticulant, plein de trouille, en tenant son micro dans une main et des feuilles de papier dans l'autre. Des pompiers couraient en arrière-plan et des images de population en larmes criant face aux caméras, d'habitations détruites ou d'incendies filmés par des téléphones portables entrecoupaient le discours du reporter, au milieu des cendres. Le pays, déjà touché par de vastes feux de forêts aux mois de juin et de juillet, subissait l'assaut des flammes et de nouveaux départs se répertoriaient sans cesse.

Lena et Artémis me résumaient synthétiquement ce que les chaînes de télévision leur apprenaient. Les vidéos étaient plus parlantes que leurs traductions incomplètes. Le feu arrivait aux portes d'Athènes et dévastait dans le même temps le Péloponnèse. Près de cent mille hectares avaient déjà brûlé dans l'Élide et l'Arcadie alors que tous les foyers n'étaient pas encore entièrement maîtrisés. Des dizaines de milliers de bêtes, des centaines de milliers d'arbres et des milliers de milliers de mètres carrés de terrain avaient été réduits en poussière en seulement quelques jours. Quarante-cinq personnes, notamment à Zacharo, avaient trouvé la mort et le bilan risquait de s'alourdir encore. Au sein de notre isolement, nous avions oublié l'actualité. Le premier ministre Kostas Karamanlis déclara, bien trop tard selon la population, l'état d'urgence et sollicita l'aide matérielle de l'Union Européenne. La France notamment répondit en envoyant des canadairs, des pompiers spécialisés et des véhicules. Tout un continent venait à la rescousse d'un pays fracturé. Si la situation n'était pas si critique, j'aurais également voulu solliciter l'aide internationale pour mon cas personnel. Mais mon téléphone ne l'aurait pas autorisé…

Selon les premières enquêtes, certains fronts avaient des origines criminelles. Les températures extrêmes et le vent sur plusieurs régions rendaient difficile, voire impossible, de contenir la progression de ces machines à brûler mises en route par des pyromanes détraqués. À travers la Grèce, les mêmes scènes de dévastation se faisaient écho : d'énormes nuages noirs tachaient un ciel bleu et grossissaient sous le galop implacable des flammes lâchées sur des sols n'ayant plus connu la pluie depuis des semaines. Le sanctuaire antique d'Olympie avait lui aussi été gravement touché ce qui pourrait mettre en péril la célébration de la cérémonie de la flamme olympique pour les Jeux de Pékin l'année suivante, en 2008… Les flammes allaient tuer la flamme et me montraient jusqu'à quel point les clins d'œil du destin pouvaient être malicieux.

Pour l'instant, l'île de Corfou était préservée mais les images de désolation, diffusées en boucle, piquèrent l'amour-propre de Theodora. Elle ressentait les commotions de son pays comme ses propres blessures. Ainsi, elle ne tarda pas à esquiver notre compagnie et s'enfermer à l'étage. Elle occupa sa soirée à passer des coups de téléphone et ne vint même pas manger les restes des tiropitas et du spanakorizo cuisinés à midi.

Son empathie la rendit secrète. En bas, nous avions entamé un blind-test. Artémis préférait la musique au silence et tout ici était trop silencieux à ses oreilles. Son iPod lirait des morceaux en aléatoire et nous compterions les points, malgré l'avantage évident dont bénéficiait l'aînée des deux sœurs. Lorsque les premières notes de la première chanson commencèrent à faire vibrer les haut-parleurs, Lena fut la plus prompte à reconnaître un grand classique :

— « Heroes » de David Bowie !

— Trop facile… grogna Artémis qui nous gratifia tout de même d'une étonnante imitation en playback de l'homme aux yeux vairons. Allez, la prochaine.

— …

— « Ring Of Fire » de Johnny Cash, annonçai-je tandis qu'Artémis avait la réponse sur le bout de la langue. Et d'après les réactions du public ça doit être le live At San Quentin. Et d'après la platitude du son, une version non remasterisée. Laissez tomber, je suis imprenable sur tout ce qui touche au *man in black*. J'ai même écrit une lettre au réalisateur de son biopic pour lui signaler une erreur dans une scène au début de « Walk The Line » : le petit Johnny écoute à la radio un animateur qui présente June Carter comme ayant dix ans alors qu'au moment de l'action elle en avait quinze. Bref, un point pour moi ! *Next !*

— …

— « The Good's Gone »… The Who, évidemment !

Le point allait à Artémis. Le contraire aurait été fâcheux car ne pas reconnaître sa propre musique en compagnie d'autres personnes équivalait, dans le sport, à une défaite à domicile.

— Dis, plaisantai-je, il n'y a rien d'après 1977 sur ton truc ? C'est bien la peine d'avoir un baladeur numérique si tu n'écoutes que de la musique analogique !

— C'est vrai, ça, renchérit Lena. Je ne savais même pas que tu aimais ces morceaux-là. Où sont les Live, Disturbed, 3 Doors Down, Creed ?... Un point pour tout le monde. Envoie la suite et essaie de passer dans notre millénaire !

— ...

— Jay-Z, « 99 Problems » ! aboya Artémis sans avoir attendu le premier couplet. Quand la puissance du rock sert la hargne du rap, ça donne ça : une chanson totalement incontrôlable. J'adore !

— D'accord, d'accord… observai-je. Enfin, je croyais qu'on faisait un blind test de *musique*. Selon l'entendement général, cela exclut automatiquement le rap !

— Quoi ?! Tu veux me faire croire que pour toi, Nas, Wu-Tang Clan, Jay-Z, Public Enemy, Outkast ou Run D.M.C. c'est pas de la musique ?

— Oui, compléta Lena. Et les Beastie Boys, 2Pac, A Tribe Called Quest, Eminem, The Roots, Mos Def ? C'est pas de la musique non plus, peut-être ?

— Pas la peine de me noyer de noms pour justifier leurs supposées qualités. Je dis juste que tous ces mecs n'ont ni la force mélodique des Beatles, ni le talent visionnaire de Chuck Berry ou de Little Richard, ni la puissance sauvage des Rolling Stones, ni la créativité intrépide des Beach Boys, ni la technique ébouriffante de Led Zeppelin, ni les paroles brillantes de Bob Dylan, ni les ambiances travaillées de Pink Floyd, ni la grandiloquence flamboyante de Queen, ni même la présence scénique d'Elvis Prestley.

— Que des artistes qui ont porté haut les couleurs de la musique après 1977, en somme, railla non sans justesse Artémis.

— Ils ont surtout fait leurs preuves et trente ou quarante ans après, personne ne s'en est lassé. Les rappeurs sont encore en période de probation. D'ailleurs, vu leur réputation, je suis sûr que pas mal d'entre eux le sont *réellement !*

Dès lors, Artémis amassa les points. Des débats emportés eurent lieu à propos de quelle version de « Hallelujah », celle de Jeff Buckley ou de Leonard Cohen, était la meilleure, de l'activité actuelle de John Deacon, dont personne n'avait de nouvelles, du mérite artistique véritable de Madonna ou encore de la labellisation exacte du style de Black Sabbath. Systématiquement, nous étions deux à partager un point de vue et à se liguer contre l'esseulé. Celui-ci, à bout de patience devant la mauvaise foi, voire le mauvais goût, des deux autres, finissait par remuer de l'air en criant que « de toute façon ils n'y connaissaient rien » et le jeu se poursuivait.

Comprenant qu'Artémis était hors d'atteinte et avait partie gagnée, je leur fis écouter un bootleg d'un concert de Bad Motor Oil, sûr que la médiocrité du style et de l'exécution nous mettrait tous d'accord. Depuis le premier jour où je les avais vues toutes les deux éclater de rire en mimant les avions, jamais elles ne s'étaient autant amusées devant moi. Elles pleuraient, leurs ventres se contractaient nerveusement et leurs côtes avaient besoin d'un point d'appui en entendant ces structures rythmiques mal synchronisées, ces mélodies plates, ces guitares éparpillées et ce chant incroyablement faux. Lena connaissait Jonathan mais ne l'avait jamais vu sur scène. Elle regrettait, maintenant.

Ces intermèdes musicaux eurent le mérite de remettre tout le monde dans de meilleures dispositions. Seule Theodora restait à l'écart, enchaînant sa soirée au téléphone par un coucher précoce. Lena et Artémis, quand elles furent prêtes, rentrèrent doucement dans la chambre, la grande sœur occupant le troisième lit dans cette pièce qui n'aurait pu en loger un quatrième. J'éteignis la lumière sur une nouvelle journée passée comme on exécute la dernière besogne d'un labeur fastidieux.

Le lendemain, en milieu de matinée, Theodora nous emmena à Akharavi, une localité proche du mont

Pantokrator. Elle y avait repéré un terrain de deux mille sept cents mètres carrés judicieusement placé entre les constructions touristiques dans l'arrière-pays mais proche de la côte. Artémis et moi serions chargés de nous faire passer pour des acquéreurs anglais potentiels et recueillir les caractéristiques exactes sans dévoiler l'intérêt de Theodora. Elle nous briefa sur l'ensemble des questions à poser, des choses à vérifier et des données à noter. J'espérais qu'Artémis était davantage réceptive car, si je secouais la tête affirmativement, je n'entendais en réalité rien à ces histoires d'enclavement, d'ouvertures sur voies, de pourcentage de pente, de COS, de présence de carrière ou de gypse sous le sol...

Toutefois, lorsque nous nous retrouvâmes dans l'enceinte d'un champ à l'abandon où les herbes hautes chatouillaient nos mollets nus, nous dûmes trouver matière pour questionner le propriétaire, George Zaradoukas, un hirsute obèse flanqué d'un marcel beige, d'un short hawaïen imprimé grosses fleurs et d'une façon exécrable, quoiqu'originale, de manger ses mots tout en postillonnant. Il prit de suite en sympathie Artémis et me fournit une excuse pour les laisser discuter tous les deux des considérations techniques. Je m'occuperais de l'aspect « ressenti global », nettement plus dans mes cordes. L'emplacement était en fait très proche de la plage, un long bras de mer de plusieurs kilomètres. Peut-être qu'un jour Jaser viendrait construire un bassin ici aussi. Ou une fontaine. Peut-être la maison en entier ?

Je partis inspecter le voisinage sur la route à l'autre bout de laquelle la Peugeot était garée. Le quartier, infréquenté, paraissait évanoui. Aucune voiture ne passait, aucun promeneur ne marchait. Les habitations étaient des carcans statiques. Ici et là, uniquement les nuages bougeaient. Pour la première fois, le temps se couvrait. La clarté incandescente laissait la place à des couleurs falotes, raccordées à l'atmosphère pesante d'Akharavi. Le ciel s'obscurcissait à vue d'œil et la légère brise s'intensifiait. La chaleur, elle, refusait de fléchir. Je fis demi-tour et pressai le pas pour retrouver Artémis avant l'orage.

Au détour d'un virage, je vis une grenouille écrasée, sur le dos, deux de ses pattes bougeant dans des gestes ralentis d'agonie. Plus loin, une autre venait de tomber, puis une autre et encore d'autres. Des bruits de caoutchouc mouillé s'aplatissant sur la terre comme des grêlons m'encerclèrent. Je parvins à m'abriter sous un arbre jusqu'à ce que le calme se réinstallât. Des centaines de batraciens jonchaient le sol, morts ou mourants, et remplissaient les chemins de leurs corps à peau nue. Je fis de mon mieux pour ne pas les piétiner en repartant. Comme perdue, au milieu de cet abattoir extraordinaire, une petite grenouille bondissait entre ses semblables, exaltée par la détresse, désorientée par l'horreur. Nos courses se percutèrent et, alors qu'elle ouvrit la bouche, je l'entendis dire :

— *Thank you. That's all we need... We'll be going now but we'll get back to you shortly.*

Artémis me prit par la main et me pressa pour partir. En revenant à moi, je vis Zaradoukas s'en aller du côté où son 4x4 était parqué. Ses membres inférieurs effectuaient péniblement des mouvements circulaires latéraux, obstrués par le poids.

— Tu ne m'as pas vraiment aidée là-bas, Louis... Artémis maugréait. En plus, le gars était lourd : il me matait comme de la moussaka. Qu'est-ce que tu avais, d'ailleurs ? On aurait dit que tu avais perdu le contact avec la réalité. T'es resté un quart d'heure à regarder la vue, les bras ballants, sans broncher !

— J'ai... des absences, par moments. J'ai l'impression de rêver éveillé et je ne m'en rends jamais compte avant que ça s'interrompe. Mais, toi, ça a été avec le type ?

— Oui oui, ne t'en fais pas. Chaque année, je fais la touriste anglaise pour ma mère ! J'ai l'habitude. Un voyage à Corfou ne serait pas tout à fait complet sans cette figure imposée. Le jour où je ferai construire ma maison, au moins, je saurais choisir le terrain. Je connais déjà tous les trucs ! Et tu rêves à quoi quand tu restes bloqué comme tout à l'heure ?

— Je ne sais pas... songeai-je. On dirait qu'à force de vouloir quelque chose, mais de ne rien faire pour l'obtenir, mon esprit me l'offre tout de même sous forme de rêves ou de visions indéchiffrables. Je crois que je devrais être plus sélectif dans ce que je désire. Peut-être que ça m'arriverait moins ?

— C'est certain : il ne faut pas faire de souhaits à la légère. En plus, on ne sait jamais, dans le cas où, effectivement, ils se réaliseraient…

En nous serrant dans la voiture, nous prîmes quelques instants pour débriefer de la visite tout en répondant aux relances de Theodora. Elle dit qu'elle s'en doutait bien, que Zaradoukas préférait vendre ses biens aux étrangers plutôt qu'aux Corfiotes ou aux Grecs d'Athènes et que cela ne durerait pas. Elle n'en resterait pas là et contrattaquerait celui qui l'avait déjà empêchée d'acheter des biens convoités. Mais, pour l'heure, elle nous amena sur le bord de mer pour déjeuner. Nous passâmes le début de l'après-midi à la plage sans pouvoir nous baigner, puisque, dans le manque d'ordre dictant le déroulé de nos journées, personne n'avait pensé à apporter son maillot.

Theodora et Lena évoquaient le terrain du matin et les opportunités qu'il pouvait représenter pour de futurs projets. Aucun investissement ne pouvait se faire sans que les deux fussent d'accord. Quand elles parvenaient à une entente, la mère demandait à Artémis de se prononcer à son tour. Ce jour-là, une dispute éclata, immanquablement, la seconde n'ayant rien à faire des problèmes de la première et la première s'énervant de l'immaturité et la nonchalance de la seconde. Puis plus personne ne parla et les estivants devaient se demander qui étaient ces quatre individus taciturnes se tournant le dos à angle droit, tout habillés, sous leur parasol. Ces cycles perpétuels de colère, je les supportais sans jamais en être ni l'objet ni l'acteur. Leurs fins se décrétaient aussi fortuitement que leurs prémices. Ainsi, quand Theodora plia le parasol pour rentrer, l'animosité s'était amenuisée jusqu'à disparaître entièrement à la fin du trajet. Le soir, nous retombions dans ces distractions éphémères qui comblent le temps plus qu'elles ne l'éblouissent.

Depuis qu'Artémis nous avait rejoints, une eurythmie nouvelle s'était constituée entre nous quatre. Moins lourde, moins éreintante et moins crispée que la précédente. Son grain de folie sortait Lena de sa réserve et fournissait à Theodora un auxiliaire inexhaustible pour ses exaspérations, sans compter qu'elle me montrait enfin un individu normal dans les rangs de cette famille. En dépit des interactions interpersonnelles qu'elle rendait possibles, au fil des jours, deux groupes se formaient de plus en plus nettement : Lena et sa mère, satisfaites d'être là, ensemble, conspirant, et nous deux, nous anémiant par alanguissement. Elle, de Ronan. Moi, d'une nouvelle donne. Nous avions été jetés là en connaissance de cause ; pourtant nous avions rêvé de nous tromper dans nos pressentiments. Nous avions voulu duper l'instinct ;

le destin s'était chargé de notre punition. Nous nous retrouvions tels deux vagabonds errant sur une route qu'ils parcouraient sans autre pensée que de se tenir compagnie.

Comme lors de la naissance bourgeonnante d'une amitié, nous nous cherchions, masquant nos réactions sous un flegme inébranlable, refusant de confier immédiatement nos états d'âme intimes. Mais à chaque fois que nous nous croisions, dans l'espace restreint de ce foyer néfaste, peut-être faute d'alternatives, nous passions un cap dans notre liaison de confiance. À ce stade, je m'étonnais de ne même plus chercher à me rapprocher de Lena, lui préférant la présence accessible de sa sœur. Sa figure d'oréade, qui s'embellissait en se hâlant doucement sous l'insistance des UV, contrastait avec son état d'esprit funeste. Ses yeux, enduits d'une nitescence contemplative, portaient en eux un besoin d'ailleurs. Artémis lisait cela aussi dans les miens. Alors, notre rejet d'une situation suffocante nous poussait hors du périmètre étroit de la maison et sur les chemins de traverse entre les habitations des alentours. Nous passions à travers les paysages comme deux anachorètes, quasi aphones mais heureux d'avoir trouvé un congénère.

Ces promenades improvisées passaient inaperçues de Theodora et Lena, condamnées à l'intérieur par leurs obligations pratiques auxquelles nous nous soustrayions toujours sans mal puisqu'elles refaisaient de nous confier le moindre devoir ou la moindre responsabilité. Notre débroussaillement des environs s'interrompait parfois lorsque les pétarades sonores d'un tracteur nous obligeaient à suspendre notre conversation et à froncer le visage dans l'idée de boucher nos oreilles. L'air marin, apporté par des zéphyrs propices, se dissipait sous les assauts de l'essence brûlée. Le calme revenu, elle tirait de sa poche son téléphone et tapotait de courts SMS dont elle recevait des réponses sans délai. Je jouai avec un brin d'herbe, paradant autour d'elle, allègre et leste, comme si j'avais voulu percer d'un coup d'épée le contenu d'un cœur invisible.

— Comment va Ronan ? haletai-je, essoufflé par les contorsions. Tu lui racontes ce qu'il a raté en ne venant pas à Corfou ? Il doit regretter de ne pas avoir réservé son billet…

Artémis tourna le cou, vit que je la braquais avec ma pousse végétale et descendit posément ses bras à hauteur de son nombril sans desserrer sa prise sur son portable. Elle me demandait comment je savais qu'elle communiquait avec Ronan.

— Tout ce qui manque ici, repris-je, dans cet endroit où nous nous sommes égarés, c'est quelqu'un pour écouter nos inquiétudes, avec qui partager nos craintes. Quelqu'un qui, sinon nous comprenne toujours, au moins, compatisse parfois. Ronan est peut-être à mille cinq cents kilomètres d'ici mais il est plus présent pour toi que Lena pour moi. Et pourtant ce n'est pas la distance qui l'éloigne...

Je désignai alors d'un geste mou et fade la maison dont on devinait, depuis notre position en contrebas, les contours entre les mailles serrées formées par les branchages des arbres. Artémis rangea son mobile et prit place à mes côtés, fauchée dans son entrain par la réserve que ma remarque lui imposait. Elle ne trouva d'abord aucun mot pour me répondre et posa une main sur ma cuisse en guise de réconfort silencieux. Cette compresse, placide et tiède, cicatrisa mes plaies spirituelles. Un transfert de bienveillance intervint et je ressentis à cet instant l'antidote à mon tædium vitæ, insipide et languide. J'oubliai enfin l'accaparant chagrin m'ayant étouffé dès mon arrivée, en ce mesquin mois d'août. Le moment s'emplit d'Artémis, de son influence astrale et glorieuse. Plus rien n'existait. J'oubliai l'origine tout comme la finalité et l'expression constantes de mes maux. Seule miroitait son aura consolante dans cette campagne sèche, usante, écœurante, opprimante.

Son visage ensauvagé par une mixité de sentiments discordants recouvrait son être d'un chatoiement palpitant. Sa beauté autoritaire se doublait d'un aspect fauve indiscernable auparavant. Elle combinait alors en une personnalité ardente l'ensemble des fantasmes masculins véhiculés depuis des siècles. Toute sa personne se sublimait dans cet égarement de sympathie qui glissait invisiblement vers des parages sexuels. Il fallut le passage soudain d'un chat, qui, suite à notre frémissement, se dressa sur ses pattes et nous fixa de ses yeux luisants, pour détourner notre attention et perdre à jamais ce moment dans l'abîme morfal du passé.

— Tu sais, moi non plus, parfois, je ne comprends pas Lena. me rassura Artémis sur un ton ambivalent de compassion et de déception. Et ma mère, ça fait bien longtemps que je n'essaie même plus de la comprendre.

— Tu veux dire qu'il n'y a tout simplement rien à comprendre ? Que je suis en train de chercher une raison là où il n'y en a jamais eu, là où il n'y en aura sans doute jamais ?

— Il y a une raison, oui. Elle s'arrêta, prit une posture sévère et marqua dès lors son discours non sans gravité. Mais je ne pense pas que tu la comprendras plus que moi... Lena m'a raconté qu'avant de partir te chercher à l'aéroport, elle s'était disputée avec notre mère. Elle avait hâte de te revoir mais *Mamá* a commencé à te déprécier lorsqu'elle s'est mise à parler de toi. Elle le fait souvent – autant avec toi qu'avec Ronan – mais cette fois, je ne sais pourquoi, Lena a pris à cœur ce qu'elle disait. D'habitude, comme moi, elle la laissait parler dans le fond sonore de ses occupations. Elle a dû lui ouvrir les yeux sur quelque chose qu'elle ne jugeait pas entièrement faux. Et cela a provoqué une réaction. J'ignore précisément quoi.

Elle baissa les yeux et s'enfouit dans un recueillement dont elle s'extirpa par un mouvement nerveux de tête et un débit soudain de paroles.

— Toujours est-il que depuis ce moment, Lena reste constamment passive et molle. Avec moi aussi. À mon avis, tout rentrera dans l'ordre quand vous serez de nouveau à Paris. Elle n'est jamais vraiment elle-même en Grèce.

— Je n'ai pas d'autres options que la patience. Pourquoi est-ce que votre mère n'arrive pas à me supporter, à ce point ?

— Mais elle ne supporte personne ! Contrairement à Lena, j'ai eu plein de copains et aucun n'a jamais trouvé grâce à ses yeux. Que je les lui ai présentés ou non n'y changeait rien. Ils plaisaient tous à mon père, par contre. L'idée – rien de plus – lui plaisait. Je me suis souvent demandé dans ces moments-là ce que mon père et ma mère se trouvaient quand ils étaient jeunes. Car ils se sont aimés, c'est une évidence... C'est peut-être sa mort qui l'a changée. Avant il ne me semble pas qu'elle était si querelleuse. Je suis sûre que si elle le rencontrait aujourd'hui, elle trouverait moyen de le déconsidérer lui aussi. Elle ne sait plus faire que cela maintenant.

— Tu sais, moi aussi, j'ai vécu sans mon père. Il est parti quand j'avais trois ans. Il nous a laissés... Il a laissé sa famille développer des troubles de la personnalité !

J'insistai sur cette remarque par un sourire introspectif et un regard, à moitié ouvert, perdu vaguement dans une direction inconnue. Ce trait d'humour, je me l'adressais à moi-même.

— Les départs brutaux, qu'ils soient prémédités ou non, entraînent des conséquences brutales... Quand tu n'étais pas encore là, j'ai surpris votre mère une nuit. Elle voyait des choses qui de toute évidence n'étaient pas là. Une accidentée de la route... Elle est partie dans des explications démentes sur des fantômes... Et elle m'a surtout dit qu'elle avait vu votre futur, à toi et Lena. Il n'y avait ni Ronan ni moi. Elle a l'habitude de vous dire des trucs pareils ?

— Tout le temps ! Ça fait bien longtemps que je n'y accorde plus le moindre crédit. Elle a parfois, de plus en plus rarement ceci dit, des visions qui ne concernent pas sa famille. Ainsi, selon elle Muriel Robin ferait une grande carrière au cinéma, la Yougoslavie n'éclaterait jamais ou plus récemment la Grèce remporterait la Coupe du monde de football 2006. Bref, si tu avais encore des questions sur sa crédibilité, cela devrait t'ôter quelques doutes...

— C'est sûr... Elle a vraiment prédit la victoire de la Grèce en 2006 ? L'équipe n'était même pas qualifiée...

— En effet. Et pourtant elle en était sûre ! Elle ne pouvait pas en démordre. Elle disait que sa non-participation à la compétition n'était qu'un détail. Que la force de l'équipe allait se démontrer de manière totalement inédite.

J'approuvai d'un air sceptique et profitai du flottement qui régnait, entre dérision et consternation, pour la relancer :

— Et je voulais te demander autre chose qui me titille depuis un moment : pourquoi est-ce que vous dormez toutes les trois dans la même chambre alors qu'il y a plein de place dans la maison ?

— C'est *Mamá*, tu sais. Tu dois commencer à la cerner maintenant, non ? Je déteste son caractère inflexible, ses humeurs carabinées, ses jugements à l'emporte-pièce et surtout ses règles absurdes. Je m'y plie car avant tout elle reste ma mère. Et même si personne ne m'énerve autant qu'elle... le fait est...

Des larmes lui montèrent au visage. Elle fit un effort pour conclure sa pensée. La vérité surgissait, entre ses dents contractées par le poids de l'aveu :

— Le fait est que je l'aime. Et – cela va te paraître très étrange – même si je désapprouve quasiment tout ce qu'elle peut me dire, je sais que tôt ou tard je finirai par me ranger à son avis. Lena, elle, n'hésite pas. Elle préfère faire directement ce qu'elle dit. Parfois, elle se questionne, tente d'imposer sa volonté mais elle sait bien qu'en définitive rien ne s'oppose à *Mamá*.

Tout convergeait vers Theodora. Elle était là, épiant, indomptable, manœuvrant dans l'ombre comme en plein jour, sûre de ses victoires à long terme. Elle avait la force de persuasion d'un leader de lobby et la ténacité indécrottable d'un vétéran militaire. Je n'avais en réalité jamais eu aucune chance de mettre à mal sa domination. Elle avait joué avec moi pour me laisser croire que je pourrais parvenir à la faire trembler. Cela rendait son triomphe d'autant plus jouissif. Les heures étaient comptées désormais. Notre séparation attendait d'être officialisée. Et aucun de nous deux n'en prendrait la responsabilité. Moi pour continuer à espérer. Elle pour ne pas avoir à s'expliquer. Notre relation allait mourir sans passion, dans l'anonymat terne où elle était née.

XIII

Christos chercha le lieu idéal pour mettre le feu, pour que tout parte en fumée et emporte la douleur de ses souvenirs. Il étudia le sens et la force du vent. Bientôt, il trouva l'endroit qu'il recherchait, suffisamment loin des routes pour pouvoir contaminer toute la plaine et assez près de sa voiture pour ne pas mettre sa vie en danger. Il prit un instant pour se décider. Il ne reculerait pas : il allait le faire. C'est alors qu'il entendit un bruit confus de pas, frissonnant dans la sécheresse.

La veille du départ approcha. Je repartirais seul avec Lena, Theodora et Artémis restant à Corfou une semaine encore. Ces retrouvailles, dans l'exclusivité de notre compagnie, me transissaient.

Je profitai de notre dernière excursion à la plage pour m'éloigner le long de l'eau. Je me sauvais momentanément de cette famille aux intentions si floues. À bout de souffle, la limite de la portée des vagues m'arrêta, là où le sable était mouillé d'une part

217

et parfaitement vierge de l'autre en suivant une ligne en zigzags. Je m'emparai d'une poignée de ce sable encore sec et immédiatement les grains se déversaient par les fissures entre mes doigts. Un long filet de couleur beige pleuvait en continu, comme entre les compartiments d'un sablier, pour retrouver son origine. Il y avait quelque chose de cinématographique dans ma pose. Je tentai de converser dans ma paume un des grains, le seul de couleur noire, celui qui avait attiré mon regard, mais n'avais aucune maîtrise sur cette masse d'infimes particules. Je regardai le vent marin les emporter par à-coups à mesure que je relâchais la prise. En ouvrant complètement la main, je perdis tout.

Surtout, je perdais ce seul élément *sui generis*, ce seul élément capable de capter mon attention, cet élément que je voulais garder par-dessus tout et qui se dérobait à mon emprise, ce grain noir nommé Lena. Je restais physiquement à ses côtés dans cette île sans sortie de secours mais savais que d'ici quelques jours elle n'existerait plus pour moi que dans de brumeux souvenirs, dans une lointaine idéalisation de ce qu'elle était devenue. Je me dissipais lentement à ses yeux et, en subissant constamment sa négligence, j'en venais à questionner mon existence. À force de réprimer mes sentiments dans un souci d'apaisement et de masquer mes émotions pour prendre le pli qu'on m'imposait, avais-je anéanti tout ce qui me différenciait encore d'un vulgaire automate ? J'assistais depuis trop longtemps déjà, médusé, à des scènes dont le contrôle m'échappait. À la manière d'un paralysé enterré vivant, j'avais vu les événements s'enchaîner avec horreur mais demeurais incapable de provoquer la moindre réaction, de ma part comme de la sienne.

En revenant auprès d'elles, je ne récoltai que des sourires polis où certains auraient lu de l'orgueil protecteur et où d'autres auraient vu du détachement. Même Artémis avait rejoint leurs rangs de poseuses factices. Depuis ses révélations, elle avait établi une distance avec moi et paraissait craindre le dialogue. Nous étions à un accrochage familial près de l'implosion. Les paroles se faisaient aussi rares qu'une brise fraîche sur ce littoral prêt, comme le reste du pays, à s'enflammer. L'ennui, ce fléau rampant, s'était érigé en régisseur de nos journées et avait gratté son empreinte. Nous flottions dans des limbes, dépouillés de tout ressenti, incapables de révolte, espérant seulement une transition vers un état meilleur.

Avec discernement j'épiais le visage déguenillé de Lena et me demandais comment le bonheur, si radieux quelques semaines auparavant, avait pu ainsi en déserter les traits. Toute sa crédulité naïve et charmeuse s'était effacée en permettant à une forme d'aigreur intolérante de germer à sa place. Elle avait grandi en quelques jours. Autrefois fleur bleue, c'était désormais à l'âme que Lena avait ses bleus. Même son regard, la vitrine éternelle de sa beauté, s'était subitement éteint. Il fixait avec insistance le vide insondable du ciel comme si la lourdeur des pensées qu'il masquait l'empêchait de s'animer. Elle demeurait inerte et insensible, exténuée par l'énergie qu'elle déployait pour contenir son trop-plein d'indifférence. Lorsque, pour une quelconque raison, Artémis ou Theodora tentait de la tirer de sa somnolence évasive, elle tournait lentement les yeux vers elles, clignait avec grand peine et revenait dans sa position initiale en s'étant convaincue du désintérêt de la scène.

Durant notre idylle, nous avions été un miroir l'un pour l'autre. Nos pensées, en se dévoilant, révélaient chez l'autre des analogies. À chaque expression, à chaque pensée, à chaque envie répondait une concordance. J'avais longtemps cherché une ligne imaginaire de symétrie entre nous pour expliquer cette symbiose jusqu'alors inconnue. Jamais dévoilée, aujourd'hui, elle avait assurément été franchie et tout se déréglait à la chaîne. Notre dernière correspondance résidait dans notre résignation, également partagée d'un côté et de l'autre de cette ligne, la même qui avait mis en lumière nos ressemblances et qui aujourd'hui nous séparait et nous dissociait un peu plus encore. Nous n'étions plus là que pour nous rappeler ce qui avait existé et ne serait jamais plus. Nous devenions des souvenirs, flétrissant prématurément, rangés avec les mauvaises pensées.

Cette divagation dura jusqu'à ce que nos mines, la mienne en particulier, fussent jugées trop rouges par Theodora. En rentrant, Jaser accueillit le passage de notre voiture d'un signe amical et exagérément ample. Depuis le matin, rien n'avait dû troubler sa quiétude appliquée et c'était avec une pointe d'orgueil du travail accompli qu'il accompagnait du regard notre retour. Les femmes rentrèrent sans lui rendre son salut. Je m'approchai. Il avait bêché la terre ; un large trou était béant à ses pieds tandis qu'un monticule d'humus retourné avait grandi sur la gauche à chacun de ses coups de pelle. Une odeur de fraîcheur émanait de ce tas informe où des racines, des herbes, des bouts d'écorces et des feuilles se décomposaient inextricablement dans des pans de terre molle.

Jaser sauta pour creuser plus profond encore. Son corps avait disparu. Alors, pour le spectateur extérieur, une boucle sonore commençait, rythmée comme un beat de hip hop : la bêche qui rentrait dans le sol, *tchak*, le mouvement de pelleteuse dans lequel le pauvre gaillard mettait toutes ses forces pour rassembler la matière, *frrrrk*, puis le lancer du tout hors de la cavité et sur la petite butte, *pock*. À chaque fois qu'il catapultait la terre, sa bêche se balançait en un va-et-vient de pendule d'horloger.

Il devait s'acharner à puiser là sa gaieté car, dès qu'il m'aperçut en train de l'examiner, au bord de sa tranchée, il se mit à rire entre deux pelletées, dans un

221

éternel recommencement amnésique d'enfant. Après quelques instants, je levai un pouce avec l'espoir, par un signe d'encouragement, de soulager ses efforts. En réalisant l'absurdité de mon geste et que seule une assistance physique aurait pu le décharger d'une partie de sa peine, je rentrai confusément. Je passai devant le morne attroupement sans leur accorder la moindre considération et me précipitai dans la kitchenette pour servir à Jaser un grand verre d'eau glacée. Quelques gouttes de citron recouvriraient le goût effroyable de l'eau du robinet grecque et donneraient au breuvage une saveur plus tolérable. Je repartis dans l'autre sens comme si la vie du serviable Albanais dépendait de ce liquide rendu légèrement jaunâtre. Mais en arrivant là où je l'avais laissé, je ne le trouvai plus. En tendant l'oreille, j'entendis le bourdonnement agressif d'une mobylette diminuer au loin. Il était rentré chez lui, emportant avec lui nos adieux et mon seul souvenir récréatif de ce séjour calamiteux.

Le lendemain, nous étions debout à quatre heures pour prendre le premier avion du matin en direction d'Athènes. Un violent orage avait éclaté durant la nuit et continuait de déverser toute l'eau du ciel sur Corfou. La possibilité de feux de forêt semblait fort loin à présent. Les yeux englués et l'esprit endolori, nous avions pris place dans la voiture, laissant celle-ci démarrer et percer de ses phares lumineux la dense noirceur de l'obscurité. Artémis était affalée à l'avant.

Derrière elle, Lena dormait. Elle avait enlevé ses lunettes, signe qu'elle dormait vraiment et qu'elle n'accepterait d'être réveillée qu'une fois arrivée. Seule Theodora, imperturbable et concentrée sur le trajet, paraissait alerte et à même de nous orienter. Notre véhicule avançait prudemment sur des routes méconnaissables, aux limites incertaines.

La pluie tombait trop rapidement pour être absorbée par la terre et des couches d'eau de plus en plus épaisses coupaient notre trajectoire. Sur les départementales, où nous pouvions gagner en vitesse, de puissantes gerbes, pleines de pression, se soulevaient et jaillissaient derrière nous avant de retomber se fracasser sur le goudron détrempé. Quelques éclairs dispersés allumaient en stroboscopie notre parcours jusqu'à ce nous rejoignîmes la ville endormie. Nous passâmes devant la place de marché où nous étions venus acheter des éperlans à frire.

Ce jour-là, je flânais entre les étalages, indécis sur ce que je devais faire, déjà rincé par les dialogues tapageurs échangés en grec autour de moi, lorsque, au milieu du brouhaha, une voix connue m'apostropha. Il fallut qu'elle répétât sa question pour se faire comprendre :

— *Why you walk* comme ça ?

Mon saisissement devait être suffisamment explicite car immédiatement Theodora se rapprocha et tenta de préciser sa remarque. Elle indiqua l'un après l'autre l'intérieur de mes deux coudes et mima des demi-cercles avec ses mains avant de reprendre :

— Vous marchez *like you're a bodybuilder* ! Pourtant, *I don't see* beaucoup de muscles là-dedans !

Elle tâta mes biceps pour confirmer son impression. Son acquiescement doublé d'un *hum* dédaigneux ne fit pas honneur à mes séances pourtant régulières de pompes. Elle demanda son avis à Lena et les deux me firent marcher devant elles. J'essayais d'être le plus décontracté et naturel possible lors de ces quelques pas de défilé.

— *You see*, Leninou ?

— Ah… oui, tu as raison, c'est vrai.

— Pourquoi il *do that ?* On dirait que *his arms* ont *something wrong*. *It's* une *permanent* mauvaise position comme les *legs* d'un *cowboy*.

— Ça fait des bras voûtés, c'est bizarre, exagéra Lena en pouffant.

— Bon ça suffit, maintenant ! dis-je tandis que je revenais rapidement vers elles, les bras levés, irrité. Je marche comme ça parce que… parce que j'ai chaud ! Voilà, c'est tout !

Et je partis m'asseoir sur un banc en attendant la fin de leurs emplettes. Avec ses vertèbres tassées et son corps proche de la momification, je trouvais Theodora complètement éhontée de s'attaquer de cette manière au physique. Je voyais son chignon s'agiter à chaque croisement de rue quand il répondait aux coups d'œil lancés à droite, à gauche, devant pour éviter une collision. Sa bienveillance à l'égard de ses filles atteignait un tel niveau que pour les autres ce n'était rien d'autre que de la malveillance.

Comme cela était prévisible, notre avion était retardé à cause des conditions météorologiques. Le kiosque à journaux, seul magasin de l'aéroport, ne vendait que des revues locales. Il n'y avait d'autre choix que d'échouer sur les sièges d'attente du couloir d'accueil. Contre le désir d'Artémis, Theodora insista pour rester auprès de nous au cas où aucun vol pour Athènes n'aurait pu partir dans la journée. Nous restâmes, cassés en deux par les accoudoirs lorsque nous cherchions à nous allonger, dix heures à guetter la disparition des fatidiques « *delayed* » sur les écrans d'affichages. Dix heures durant lesquelles Lena passa son temps à dormir, Theodora à rouspéter aux guichets des compagnies aériennes et Artémis à se dégourdir les jambes tout en se lamentant sur l'inutilité de sa présence à nos côtés.

Puis vint le moment de la séparation. Lena et sa mère s'empoignèrent dans une étreinte serrée comme si elles devaient ne plus jamais se revoir. J'embrassai Artémis. Elle me retint et me glissa discrètement quelques paroles :

— Bon courage, Louis. C'est maintenant que ça va devenir difficile.

Je le savais aussi. Nous échangeâmes un de ses regards qui portent en eux des parts égales de sérieux, d'affection et de peur. Après un temps d'attente, nous sourîmes à l'unisson et un bref fou rire nous gagna en constatant cette synchronisation de nos pensées. Les deux autres, perturbées par notre agitation, se décollèrent, en pleurs. Pendant que je babillais avec la mère des mensonges sur ma satisfaction de ces congés et la nécessité de se revoir à Paris, les sœurs se dirent au revoir, sans pathos. Theodora bredouillait quelque chose en me tendant la main mais j'étais fixé sur elles. Artémis murmura quelque chose à son oreille, déposa un baiser sur sa joue, et elle était partie. Sa main toujours en l'air, *Mamá*, devant mon absence de réaction, la baissa et rejoignit son aînée. Elle avait pris définitivement congé de nous.

Désormais, c'était seule que Lena devrait s'expliquer. J'attendrais Paris.

Nous marchâmes côte-à-côte, murés dans la commodité du silence. Et dès que celui-ci devenait inconfortable, nous poursuivions l'isolement sous le casque de nos baladeurs. Eteindre les appareils électroniques, à bord, nous obligea à reprendre conscience de nos présences. Au moment du départ, la panique de mes vieilles douleurs aux oreilles reprit. Machinalement, je happai la main de Lena. Aussitôt, elle la retira et me toisa comme si j'avais fait quelque chose de répugnant. Je la repris et motivai mon geste :

— Je n'ai pas envie que mes tympans éclatent !

— Ce n'est pas parce que tu tiens ma main que ça changera quelque chose à l'état de tes tympans.

— Au contraire, je pense que ça peut tout changer. Et je ne parle pas seulement de mes oreilles…

Elle demeura ainsi, immobile dans la pose contrariée d'une adolescente obligée de ployer sous l'autorité et de s'atteler à une tâche rebutante. Je sentais sa main, pareille à celle d'un cadavre. Elle restait là, inerte, prête à exploser si je la comprimais trop. Dès que l'avion acheva sa phase de décollage et se stabilisa à l'horizontale, elle constata que je n'étais pas encore sourd et dégagea sa main comme les vieux reprennent le change d'un commerçant pour le fourrer en pagaille dans leurs porte-monnaie.

— Là, tu vois bien que ça ne sert à rien, tes enfantillages.

Et elle coinça son sac à dos entre le hublot et sa tête pour l'utiliser comme oreiller et ne plus à avoir à supporter mes caprices. Elle retira ses lunettes et les mit sur ses genoux. Je savais ce que cela signifiait.

Notre courte escale à Athènes fut avalée dans les mêmes conditions, tout comme le vol vers Paris. Tout recommença, copie carbone étirée sur une durée trois fois plus longue. À Roissy, récupérer nos bagages me paraissait être la dernière formalité à accomplir avant le divorce. Dans la longue file des taxis, je proposai d'en partager un par souci d'économie. Elle proposa l'inverse par souci de solitude. La queue avançait si vite que nous marchions presque à un rythme normal, sans avoir le temps de poser nos valises pour relâcher nos muscles. Des dizaines de voitures se relayaient pour engloutir le flot continu de touristes étrangers, de voyageurs d'affaires et de vacanciers bientôt de retour chez eux.

J'avais l'impression que j'allais la laisser ici et ne plus jamais la revoir. Cela ne ressemblait pourtant en rien à une séparation. Tout à coup, c'était notre tour. Son tour. Elle s'empara vivement de ses bagages, courut vers une Renault grise et, au moment où le conducteur de mon taxi ouvrit son coffre et vint à ma rencontre, elle lâcha solennellement :

— Je t'appellerai dans la semaine quand j'aurai suffisamment récupéré. Rentre bien. Au revoir, Louis.

Le temps de quelques virages et quelques lignes droites, nos deux voitures passèrent l'une à côté de l'autre en fonction de l'encombrement déséquilibré des voies. Le temps de quelques virages et quelques lignes droites, je profitais de son visage, allant et venant suivant les accélérations. Le temps de quelques virages et quelques lignes droites, j'essayai d'oublier le manque à venir. Puis, tout à coup, elle fila. Elle slalomait mieux dans ce trafic. J'étais bloqué derrière des dizaines d'autos au ralenti en me remémorant les phases successives de notre déchéance. Son *au revoir* aura été son dernier mensonge.

XIV

Un homme avançait avec précaution, traqué. Christos s'abrita derrière un arbre abattu tandis que l'inconnu, enfin certain d'être seul, s'arrêta, alluma une cigarette. Après avoir tiré rapidement dessus, il la jeta par terre et prit la fuite. Christos réagit instinctivement en le coursant. Il le rattrapa facilement, le plaqua au sol avant de lui éclater le crâne sous de fracassants coups de poing. Il s'empressa de retourner sur ses pas et parvint à contenir le début d'incendie. Il agrippa le jerricane au passage avant de rentrer chez lui.

Une semaine entière s'écoula. Une semaine entière où rien ne bouscula l'attente. L'attente d'un retournement, d'un changement inopiné, d'un brusque revirement. D'un retour à la normale. Lena laissa pourtant les choses végéter comme à Corfou. L'espoir se raréfiait, jour après jour. J'étais le point de suture entre le délaissement et l'abandon. Et si, après tout, la normalité résidait dans cet abandon ? Un bloc de halva, suspecté d'être de la drogue par les contrôleurs aériens grecs, était tout ce qu'il me restait de Lena. Au rythme où je le mangeais, il n'y en aurait plus avant que je parvienne à l'oublier. Je regrettais de ne pas avoir gardé des objets lui ayant appartenu pour stimuler mon imagination et remodeler sa présence auprès de moi. Finalement, ce manque était à l'image exacte de son absence…

Le moindre bruit me faisait sursauter et déclenchait par réflexe l'espérance. Constamment aux aguets, je pris un bruitage dans une musique de Fantômas pour le retentissement soudain de la sonnerie de ma porte d'entrée avant de confondre celle du portable avec celle du micro-ondes. Pourtant, mon téléphone demeurait silencieux, calfeutré derrière l'écran de veille où rebondissait l'heure en permanence telle une balle à l'énergie cinétique inépuisable. Aucune activité sociale ne parasitait mes soirées ; je ne voulais pas risquer de rater un appel.

À de multiples reprises, je m'installai devant l'ordinateur, prêt à dégainer un mail, tapé dans l'excitation et l'exaltation des sentiments. Mais je me ravisai toujours avant d'appuyer sur le bouton « envoyer ». J'avais accumulé des dizaines de brouillons qui s'empilaient dans le dossier dédié. Certains faisaient quelques lignes voire seulement quelques mots alors que d'autres s'épanchaient sur des longueurs épiques. Certains privilégiaient les tournures interrogatives, d'autres préféraient les phrases exclamatives mais les plus fréquents employaient un ton mou avec une utilisation excessive de points de suspension.

En dépit de leurs différences de classification, aucun de ces messages ne m'avait convaincu de ses effets réparateurs possibles. Et puis, j'étais trop occupé à adopter un comportement de rôdeur cybernétique pour améliorer ma prose et clarifier le fil de mes pensées. Fureter, au moins une fois par heure, les pages MySpace et Facebook de Lena pour y déceler un quelconque bruissement devint un toc obsessionnel auquel je ne parvenais pas à me soustraire. Malgré toute l'imploration que je mettais dans le regard, elles demeuraient tragiquement statiques, comme si elle aussi meublait ses journées avec le vide infini de l'angoisse.

Au travail, même Olivier ne put m'apporter la consolation envisagée. Je n'avais plus le cœur à le chahuter pour mon simple agrément, pour souffler plus loin les nuages chargés de bourrèlement. Tandis que tous les cadres de la société avaient pris leurs congés estivaux, Olivier était resté à son poste, répondant du mieux possible aux quelques demandes aoûtiennes et préparant les dossiers de ses supérieurs avec son habituel fanatisme excessif afin de faciliter leur rentrée. En m'apercevant le matin de mon retour, il se terra dans le coin mal éclairé de son open space pour ne pas avoir à me saluer. Nous tolérions nos présences sans

231

grincer des dents. Nous nous ignorions sans effort. J'entendais les bruits effrénés de subordonné inquiet s'élever derrière l'armoire basse faisant office de cloison et cela suffisait tant à ma distraction qu'à sa sérénité. Mon patron finit par trouver inquiétant mon manque de rendement. Il me convoqua mais se montra indulgent, n'étant pas étranger lui-même à ce type de « perturbation passagère ». Toutefois il me fit comprendre que j'étais en sursis et qu'il ne tolérerait mon inefficacité pas plus de quelques jours encore.

Dans le métro, parmi les publicités et les affiches de spectacle décorant les murs, un poster, de taille réduite, se détacha de la masse encombrée de messages promotionnels. Pourtant, il ne présentait aucune originalité. Pire, il recensait une fascinante ribambelle de clichés. Sur un canapé défoncé, placé on ne savait comment dans une grange désaffectée, était assis un groupe d'hommes, dont on pouvait se demander, d'après leur look graisseux et sale, s'ils étaient routiers ou plombiers mais qui, d'après les instruments positionnés en arrière-plan, étaient visiblement musiciens. Sur la photo, en teintes de sépia vieillies artificiellement, un des types faisait un doigt d'honneur en direction du photographe, un autre buvait une cannette de bière, celui à l'extrême fumait un pétard et son voisin, qui portait fièrement un t-shirt Black Label Society, s'attaquait à un steak d'au moins un kilo dans une assiette en plastique bien trop petite. À leurs pieds, des bouteilles renversées de Jack Daniel's côtoyaient des packs superposés de Heineken à perte de vue.

Et en plein milieu de cette bande de rockers sudistes trônait Jonathan. Il étalait la panoplie complète du chanteur. Lunettes de soleil oversized, débardeur blanc sur lequel ressortait l'argent vieilli de quatre colliers encerclés autour du cou, bagues à motif enfilées à chaque doigt, jean noir déchiré aux genoux, bottines couvertes de boue séchée, le tout au service d'une pose aboulique. Il levait un bras péniblement sinon vers le ciel du moins vers le « t » du logo de Bad Motor Oil, exposé au-dessus du groupe dans un style graphique des plus réussis. Sa barbe, embroussaillée dans sa propre souillure, n'avait jamais été aussi longue.

L'affiche annonçait la sortie d'un disque éponyme, avec des citations de presse aussi saugrenues que « Un premier album carburant à l'huile de vidange – *Hard Rock Magazine* », « Le retour du vrai rock 'n' roll, provocateur et incontrôlable, en France ! – *Rock Attitude* », « Incontournable : le disque de la rentrée ! – *Cunul+ /' L'ulbum de lu Semulne* » ou « Un disque impérieux aux odeurs de sauce barbecue et de bourbon – *Versus* », ainsi qu'un concert à l'Alhambra en octobre. L'Alhambra ! Depuis la signature avec Suck It Up Records, Bad Motor Oil prenait une envergure professionnelle et disposait de moyens exceptionnels pour un groupe si nouveau. Jonathan et sa bande

233

investiraient une salle pour des artistes de carrure modeste, certes, mais internationale. J'appris plus tard que leur morceau le plus accessible, sitôt enregistré et mixé, avait commencé à tourner régulièrement dans les playlists de radios spécialisées. Il contribuait à créer l'événement autour de cette musique que j'avais toujours rejetée, en laquelle aucune partie de moi, même le proche ami, n'avait jamais cru.

À cause de la catalepsie où j'étais plongé, j'avais oublié de reprendre contact avec Jonathan depuis mon retour de Grèce. De toute évidence, il avait bien trop à faire pour s'occuper de moi. Delphine, elle, m'avait envoyé quelques SMS, de plus en plus interrogateurs, mais j'avais remis leur réponse à plus tard jusqu'à les oublier complètement. Elle avait dû se contenter de lire les accusés de réception. Au cours du long arrêt de RER entre Châtelet et Gare de Lyon, je réfléchis à la meilleure formulation pour les convier tous les deux à dîner.

« Retour agité... Dispos demain soir ? Je paie mes Yakinikudon :-) »

Le temps d'arriver à Nation, de monter les escalators et de marcher les cinq cents mètres jusque chez moi, une enveloppe jaune clignotait en haut de l'écran. Delphine avait déjà envoyé une réponse.

« 20h30, chez Higuma. T'as intérêt à avoir une bonne excuse ! »

Le lendemain, nous nous rencontrâmes au coin de la rue Sainte Anne et de l'avenue de l'Opéra. Delphine battait le pavé, fière et altière tandis que je traînais mollement la patte, sans jamais rompre le rythme indolent devenu le mien. Mais à ma grande surprise, elle ne fit aucune remarque ni sur le découragement décelable dans la paresse de mes pas ni sur ma mine blafarde. Sur le chemin du restaurant, je lui demandai si elle avait des nouvelles de Jonathan, mon invitation n'ayant reçu aucune réponse de sa part.

— Il ne t'a pas dit ? s'étonna-t-elle. Il a enregistré son album en trois jours et les journalistes ont tout de suite accroché. Son label l'a envoyé en Allemagne et en Angleterre avec son guitariste pour faire de la promo, avant le gros rush des sorties de la rentrée. À l'heure qu'il est, il doit encore donner des interviews à des radios, des fanzines, des webzines et même quelques magazines spécialisés. L'accueil semble hyper positif. C'est troublant...

— Tu es en train de me dire que Bad Motor Oil explose à l'étranger ? Que des Anglais et des Allemands vont acheter leurs disques ? articulai-je, dubitatif.

— Pas qu'à l'étranger... Ça commence à cartonner chez nous aussi. Tu n'as pas vu les affiches dans le métro ? Ils ont aussi fait des radios généralistes et même quelques télés. Principalement, des programmes d'été mais quand même ! On est en train de leur booker une tournée qui passera partout en France dans des salles bien plus grandes que ce qui était prévu au départ. Je ne sais pas ce que les gens y trouvent mais, en tout cas, ils aiment ! Moi, je trouve ça toujours aussi chiant. Enfin, tu connais déjà tous les morceaux par cœur… Bref, tant mieux pour lui, non ? Et puis, là, c'est sûr, on n'aura plus besoin d'aller se le farcir à chaque concert. D'autres s'en chargeront à notre place ! À commencer par celui dans un mois. Pas question que j'y foute les pieds !

— Je ne le vois pas pendant trois semaines et il devient une star. Monsieur Jonathan donne des interviews ! Enfin… mieux vaut arrêter d'attendre une quelconque prévisibilité de sa part, non ? Mais je plains les journalistes qui vont devoir écouter les explications de la genèse de Bad Motor Oil et la supposée portée de leur démarche artistique ! En tout cas, moi non plus, aucune chance que je sois à l'Alhambra.

J'ouvris la porte d'Higuma et une forte odeur de friture nous submergea. Dans les cuisines, ouvertes à la vue de la clientèle, crissaient les viandes hachées puis jetées sur des plaques brûlantes. Ils étaient six à gesticuler dans leurs espaces réservés. Des vapeurs fumaient, nuages blancs soudainement aspirés par les hottes, et emportaient avec eux des senteurs braisées. Une serveuse vint vers nous. Dans un français à peine compréhensible tant il était tailladé en syllabes stridentes et incomplètes, elle nous indiqua le fond du restaurant où un minuscule emplacement pour deux restait libre au milieu de l'affairement du personnel, entièrement asiatique. Immédiatement, nous nous imprégnions d'une ambiance exotique, pleine de fourmillements entre les tables des convives.

— Comment va Marc ? Toujours aussi moche ? demandai-je non sans ajouter une pointe de malice amicale.

— Arrête, je ne te permets pas ! Enfin, je ne te permets plus. Figure-toi que, comme je le pressentais, le moche a de la ressource !

Delphine cachait son visage derrière le menu, un patchwork de petites cases écrites en japonais, traduites en français. Sa voix fluette peinait à se détacher du vacarme, somme de toutes les discussions de la centaine de couverts servis de concert.

— Et oui. reprit-elle. Juste après ton départ, il m'a emmené en week-end surprise à Capri. On s'est baigné dans des grottes marines, on s'est perdu dans les rues de la vieille ville, on a été malade ensemble en mangeant du poisson… De vraies premières vacances en couple ! Les vomissements en équipe, quoi qu'on en dise, ça soude un couple.

Elle déroula d'autres occupations et événements plus ou moins banals. Mais elle les déclama comme s'ils étaient tous les plus extraordinaires moments d'une vie, en accompagnant chaque détail de grands mouvements de bras pour bien se faire comprendre. Quand il était question de plongée, elle faisait la brasse dans l'air.

Quand elle parlait de la cuisine italienne, elle mimait les plats en se léchant les lèvres. Elle poussait régulièrement des *aaahh* nostalgiques pour marquer l'intensité. Elle me certifiait, certainement déçue par mes réactions peu démonstratives, que si j'avais été avec *eux*, j'aurais *compris*, j'aurais *ri*.

À force de le fréquenter par charité affective, Delphine avait fini par voir en Marc ce qu'elle n'aurait jamais pensé trouver : un homme lui correspondant, prêt à tout pour la satisfaire. Il prenait leur relation comme une chance inespérée, sachant bien qu'une fille comme elle sortait rarement avec des hommes comme lui. Pourtant, il savait lui tenir tête quand elle profitait trop de son statut supérieur, à la fois hiérarchique et de femme pimpante. Cela la rassurait, en lui révélant le caractère entier de Marc, finalement étranger à celui de l'employé soumis qu'elle avait longtemps entrevu. Elle ne le formulait pas ainsi mais elle était déjà amoureuse. Elle transpirait l'amour. Même les enfants de la table près des toilettes le sentaient.

Ainsi, mon histoire lui fournit un triste écho. Elle lui rappelait que les prémices du bonheur pouvaient s'estomper et finir par s'inverser. De la manière la plus factuelle possible, je lui expliquai mes déboires, ce séjour irritant qui paraissait ne jamais vouloir se terminer, ne jamais retrouver un semblant de cohérence avec ce qui l'avait précédé. Elle m'écoutait, captivée, de son air docile et impatient de femme curieuse. Je revivai pleinement chaque phase en les contant l'une après l'autre. La médisance de Theodora, le dénigrement de Lena ainsi que les soutiens appréciables de Jaser et d'Artémis formaient à présent un bloc de pensées dont je ne pouvais plus garantir l'exactitude car, déjà, certaines se perdaient à jamais dans le sanctuaire de ma mémoire. Je racontai l'histoire en me laissant emporter par quelques détails. Ils servaient à couvrir les oublis et à m'assurer le maximum de compassion de la part de Delphine.

Une fois ma tirade terminée, sa première réaction fut de me houspiller. Elle ne comprenait pas comment je pouvais rester si abattu devant quelque chose que je n'acceptais pas. Elle m'assaillait de questions et de provocations destinées à me secouer, à me réveiller de la torpeur. Dans une bande dessinée, toutes ses répliques, en police grasse, se seraient terminées par une succession alternée de points d'interrogation et de points d'exclamation. Voyant qu'elle n'obtenait rien de moi, en dehors d'une sorte de malaise muet, elle changea de stratégie. Elle toussa, pour matérialiser son changement d'approche, comme un cycliste change de braquet à l'assaut d'une difficulté montagneuse. Elle interpréta mes confessions comme une énième manifestation de ma personnalité fataliste, incapable de redresser une situation lorsqu'elle devient défavorable. Elle ne comprenait pas pourquoi je restais cloîtré chez moi alors qu'il aurait fallu se confronter à Lena, la forcer à se justifier, à partager la cause de ses tourments. Ne pas avoir insisté à Corfou ne me donnait pas l'excuse d'être aussi négligeant à Paris.

— Tu as une grande facilité à tomber dans le malheur et une toute aussi grande complaisance à ne rien faire pour que cela change, résuma-t-elle en une phrase prononcée avec la précision incisive d'un couperet.

Elle avait raison, bien entendu, mais je ne savais comment mettre à exécution ses directives énumérées sans paraître réfléchir. Alors que je traversais une série de péripéties me semblant tout à fait extraordinaire, elle n'y voyait qu'une banalité, élucidable, sinon résoluble, en quelques étapes logiques qu'elle avait mémorisées, par des expériences antérieures. Notre dîner se finit sur des conversations plus décousues, mélanges de reformulations d'anecdotes communes du passé et d'impressions aléatoires prises sur le vif. Pourtant, mon esprit revenait encore et encore sur les paroles de Delphine. Il essayait de les ordonner et les rendre compatibles avec mon caractère. Cet effort me donnait mal à la tête. Mais dans un premier temps, sous cette impulsion cérébrale, mon corps eut des envies de soulèvement.

Je laissai Delphine et sortis en trombe dans la rue, mu par une incorrigible volonté de tout rectifier, de retrouver l'inadvertance badine dans nos rapports. Je fendis une fraîche nuit de septembre, traçant à vive allure, remontant l'avenue de l'Opéra, partiellement éclairée par les réverbères. Des groupes noircissaient de leur présence les marches de l'opéra Garnier. Le trafic grouillait, indicateur du niveau d'agitation du samedi soir. Je poursuivais ma course en me parlant à moi-même, répétant des mots pour trouver *les* mots. Mais je ne balbutiai que des bribes incertaines, entravé par l'effort et mon incapacité à formuler un argument construit. Je pressai le pas après avoir été trop longuement bloqué à un feu rouge de la rue Auber. J'accélérai encore sur le boulevard Haussmann devançant l'extrémité des vitrines du Printemps. Plus j'approchai du but, plus ma résolution se dissolvait dans l'hésitation et le trac.

Le souffle coupé, incapable d'avancer, j'arrivai en haut de l'avenue Messine avec la sensation d'avoir couru un semi marathon sans entraînement. Je marchai lentement la dernière centaine de mètres. Au bout du parcours, je sonnerais et je ne saurais quoi dire. Aucune des solutions envisagées n'était valable. Je n'avais pu dégoter de remède en moi. Je capitulai et accepterais le jugement. Je fixai la plaque avec le nom « Sørensen ». Des souvenirs de ma première venue ici remontaient à la surface tandis que j'appuyais sur le bouton circulaire. Rien ne bougea. Je comptais les secondes dans ma tête. À trente, je jetai un œil sur les fenêtres de son étage. Aucune lumière, nulle part. Tout l'immeuble, comme pétrifié, refusait d'être l'allié de mon espoir. À quarante-huit, je sonnai de nouveau. À soixante-sept, quelqu'un parut à une fenêtre au troisième étage pour en fermer les volets. À cent, je repartis chez moi.

La semaine suivante, je revins presque tous les jours, le matin, à l'heure du déjeuner ou tard le soir sans jamais croiser ne serait-ce qu'un voisin. Ces visites, répétées bêtement par une de ces obligations morales que j'aimais à formuler avec moi-même, donnaient une étrange consistance à mes journées. Le mardi, ayant pu accéder aux boîtes aux lettres lorsque le postier passait, je déposai une enveloppe. À l'intérieur, une encre manuscrite avec laquelle j'avais péniblement traduit, dans un français d'écolier appliqué, tous mes sentiments, mes doutes et mes craintes. Les autres jours passèrent sans aucune particularité. Je m'habituais au rituel des cent secondes quand, le deuxième lundi de cette série, une voix répondit, à treize. Celle de Theodora. Elle m'invita à monter. Elle était arrivée la nuit avec Artémis. Sa figure resplendissait. Jamais elle ne m'avait considéré avec des yeux si accueillants et conciliants.

— Louis ! *What a surprise !* Vous allez *well ? You don't miss* trop l'air de Corfou ? *Come in, come in,* je vous sers un glass of water.

— Merci… mais je venais pour Lena. Je n'ai pas de nouvelles depuis que nous sommes rentrés. Elle est là ? J'aimerais lui parler.

— Vous aurez *a hard time finding* Leninou ici ! *She hasn't told you ?*

— Ca fait presque trois semaines qu'elle ne m'a rien dit ! Je ne suis au courant de rien. Il lui est arrivé quelque chose ?

— *No, no, no*, Dieu merci ! Elle est partie pour *six months* à *Athens. I helped her find* un stage *in a big* cabinet d'architecture. Que c'est étrange *that she hasn't mentioned this* à vous ! Certainement un oubli, *her head* est toujours dans les *clouds*.

Elle avait beau sur-jouer l'étonnement, j'avais enfin assimilé que son plan pour m'éloigner de sa fille comportait des ramifications bien plus lointaines que je ne l'avais jamais suspecté. Son contentement louche provenait à coup sûr de la lecture de ma lettre où elle comprenait à quel point elle m'avait blessé par ses manigances. Derrière la porte du couloir, légèrement entrebâillée, je devinai, en retrait, le visage d'Artémis à qui sa mère avait dû interdire d'intervenir.

— Vous voulez dire qu'elle est partie pour six mois à trois heures d'avion en oubliant de me prévenir ? Comme ça ?

— *It seems incredible*, c'est vrai. *But* soyez rassuré, *she's doing just fine and* elle y est très heureuse. *I wouldn't be surprised* si on l'embauchait directement... C'est une si *wonderful opportunity* pour *her*. Alors, Louis, *you want* ce *glass of water ?*

* * *

Un soir, en quittant le bureau, je vis, au pied de l'immeuble du siège d'Advencia, une foule nombreuse se masser autour d'artistes de rue. Un duo d'accordéonistes reprenait des chansons traditionnelles gitanes et marquait le rythme en criant des onomatopées stridentes. Ils étaient vêtus sommairement de tissus bariolés en coton. L'un portait une écharpe blanche parsemée de pois noirs, l'autre une écharpe noire avec des pois blancs. Leurs instruments étaient constellés d'autocollants en tout genre, méli-mélo de marques d'alcool, d'emblèmes de villes, de logo d'associations militantes et de dessins humoristiques. Ces deux-là avaient l'air de baroudeurs que rien n'effrayait, surtout pas la conquête des passants parisiens. Et ils usaient de tous les moyens possibles pour recueillir un peu d'argent dans leurs chapeaux que, tous les deux ou trois morceaux, ils faisaient circuler en se glissant parmi le public.

Leur débauche d'énergie et leur habileté musicale provoquaient une pluie de monnaie, un tintement continu de lourdes pièces et de centimes. Plus les gens donnaient, plus les curieux des alentours accouraient et grossissaient les rangs de l'attroupement. Au milieu de cette affluence, une présence me sembla familière. Une petite femme en tailleur anthracite, perchée sur des escarpins léopards, s'exaltait du spectacle et battait chaudement des mains au son des montées et descentes agiles de gammes. Laetitia dut me sentir approcher; elle arrêta de se dandiner et se retourna si subitement que je n'avais pas eu le temps de réfléchir à quoi lui dire.

— Louis ! s'écria-t-elle. Qu'est-ce que tu fais là ? Ne me dis pas que tu travailles dans le quartier ?!

— Je pourrais mais je n'ai jamais aimé te mentir, la taquinai-je. En fait, je bosse juste là, chez Advencia… En fusac. Quelle surprise de te voir ici ! Qu'est-ce que tu fais là ? Tu t'es mise à la musique folklorique ?

— Je sors d'un rendez-vous chez vos voisins du Crédit Suisse. Je suis dans l'évènementiel maintenant et on est sur un gros dossier pour le lancement de leur nouveau site internet… Et puis je suis tombée sur eux. Ca sonne super bien, non ? En tout cas, ça fait plaisir de te revoir !

Physiquement, elle n'avait guère changé. Tout au plus sa jeunesse hésitante s'était-elle métamorphosée en une autorité instruite. Cela ne la rendait que plus désirable tandis que ses cheveux, désormais coupés mi longs, se chargeaient d'accentuer ses tendances espiègles et friponnes. Son corps bouillait de sexualité et glorifiait le culte charnel. Ses cils élancés dans des courbes arcadiennes, ses lèvres dodues, sa poitrine plantureuse et ses jambes tendues de tous leurs muscles par l'extrême hauteur de ses talons ancraient dans la réalité ce sentiment global d'attraction irrésistible. Plus je la dévisageais, plus la brutalité de notre passé me frappait. La musique, guillerette, entraînante et sautillante, ne pouvait être plus loin de ma disposition du moment. Elle gâcha la douce réminiscence de mes visions.

— Tu as l'air drôlement fatigué ! lança-t-elle.

— Disons que je n'ai pas vraiment droit à des vacances cet été. Tu ne trouves pas qu'elle est fatigante cette musique ? Allez viens, on va boire un verre. Ca ne sera pas de trop pour remonter le fil de ces quelques années…

En quatre ans, nous ne nous étions pas croisés une seule fois, ni même écrit. Elle était sortie de ma vie comme elle y était rentrée : en glissant hors de contrôle. Depuis notre séparation, j'avais souvent ruminé son image, regrettant l'impression qu'elle me laissait quand nous nous retrouvions, la confiance dont elle m'imprégnait ou l'audace exacerbée de sa personnalité et des pulsions qui en découlaient. Les autres femmes ne m'inspiraient que fadeur en comparaison. Même Lena dont j'étais tombé amoureux pour des raisons tout autres. Elle avait enjolivé ma vie et en avait constitué le sommet duquel j'avais peu à peu chuté.

Nous prîmes la direction des Champs-Elysées pour rejoindre la rue Pierre Charron. En chemin, je remarquai que sa faculté à faire tourner les têtes n'avait pas rien perdu de sa puissance tant les hommes suivaient son passage de leurs yeux transpirant de convoitise, provoquant des télescopages à répétition sur cette avenue bondée d'êtres dépareillés. Le temps, hésitant entre pluie battante et grand soleil, avait laissé çà et là des flaques d'eau que Laetitia évitait avec des pas de côté soudains, de même que les bouches d'aération du métro sur lesquelles je marchais sans jamais songer à leur pouvoir soufflant. Elle s'écartait puis se rapprochait de moi comme un yo-yo. On entendait le trafic dompter les pavés, dans un bourdonnement étouffé permanent, nourrissant l'air vicié, et des cyclistes égarés sur le trottoir venaient faire grincer leurs vieux vélos près de nous.

Nous nous installâmes au sous-sol d'un bar où seul trois amis nous évitaient d'en être les premiers clients. Là, lors d'une tirade de la durée d'un long métrage durant laquelle elle ne céda la parole que pour boire des shots de vodka, elle me relata dans les moindres détails tous les événements qu'elle avait vécus depuis quatre ans. Son débit électrisé ne ralentit qu'au bout du septième shot, quand les mots de plus de trois syllabes devinrent pénibles à prononcer du premier coup. Ses paupières s'affalaient et devenaient les témoins de son ébriété avancée.

Elle avait connu des difficultés pour trouver un emploi convenable. Elle avait démissionné trois fois et, à deux reprises, n'avait pas été reconduite à l'issue de ses périodes d'essai. Ses exigences étaient souvent trop élevées, la conduisant à claquer la porte spontanément, et, les fois où elle parvenait à décrocher un poste conforme à ses objectifs, la qualité de son travail était jugée insuffisante par ses employeurs. Entre ses attentes, les jugements des autres et la réalité, elle avait perdu pied.

Mais depuis le printemps dernier, elle avait trouvé un équilibre qui la comblait, équilibre dont les effets positifs avaient affecté l'ensemble de sa vie. Elle avait déménagé de la rue de Ponthieu et vivait désormais avec un publicitaire de trente-cinq ans dans un vaste appartement du dix-septième arrondissement, sous les toits. Elle parlait de lui comme d'un Adonis avec la ferveur aveugle et subjective d'une groupie frivole. À coup sûr, il était grand – en tout cas plus grand que moi – et avait les cheveux épais et bouclés dans lesquels elle pouvait perdre ses mains. Il portait des lunettes aux verres rectangulaires uniquement pour le style car il devait avoir 12/10e à chaque œil. Il mettait sûrement des chemises bleu ciel en popeline de coton, retroussait ses manches et touchait les fesses sémillantes de Laetitia à chaque fois qu'il lui tenait la porte en laissant échapper un rire gras. Bref, il avait tout du type énervant. Pourtant, elle ne me raconta pas grand-chose sur lui. La seule information concrète était que ses fonctions l'amenaient fréquemment à séjourner à l'étranger. Alors, il la laissait seule à Paris, comme ce jour-là, d'ailleurs. Laetitia n'était pas le genre de fille à laisser seule à Paris sans s'exposer à des mésaventures.

Le bar s'était rempli et, au moment où elle me questionna sur les causes de ma fatigue, le personnel nous chassa afin de disposer les tables dans la configuration boîte de nuit. Devant le choix d'aller ailleurs, continuer sur place ou rentrer chacun chez nous, Laetitia railla en me demandant si, en quatre ans, j'avais appris à apprécier les discothèques. En effet, se frotter toute la nuit à de parfaits inconnus en écoutant des baffles vrombir à la limite de l'explosion des sons mécaniques et sans âme sous des lasers épileptiques ressemblait plus à ma définition de l'enfer que d'une bonne soirée. Et même si les filles mordaient aux hameçons que leur tendaient les garçons avec une insolente facilité, je préférais le comportement rationnel de Jonathan. Il partageait mon hostilité pour ces endroits lugubres mais, pour bénéficier de l'effet night-clubs sans y mettre les pieds, il se levait très tôt les dimanches matins et ramassait sur les trottoirs les filles qui n'avaient pas conclu et leur permettait de sauver, en dernier recours, leur soirée. C'était un libérateur, vraiment. Bien qu'il ne tombât que rarement sur du premier choix, tout le monde y trouvait son compte et cela lui fournissait toujours de nombreuses histoires à raconter.

Malgré sa passion pour la danse nocturne et son obstination persistante, Laetitia n'avait jamais réussi à me traîner en boîte lorsque nous étions ensemble. Commencer maintenant, à vingt-six ans, me paraissait aussi anachronique que de regarder son premier dessin animé en maison de retraite. Et pourtant, le dernier verre avalé cul sec, par imitation de ma partenaire, me décida. Et puis cette présence féminine me faisait un bien fou après m'être essoufflé à courir derrière une ombre fuyante. Je subissais la bourrasque endiablée de son déchaînement ordinaire. Car, si pour moi les événements prenaient une tournure inhabituelle, pour elle, tout ceci n'avait rien de plus routinier.

La soirée se poursuivit sous les morceaux répétitifs bombardés à une centaine de décibels. J'observais Laetitia pour éviter de trop analyser les sensations désagréables de cette atmosphère qui décidément n'avait rien pour me plaire. Mon seuil de tolérance dépassé, j'allai m'écrouler sur un des canapés violets près des murs. Elle ne tarda pas à me suivre. Nous croupissions comme des remplaçants sur le banc de touche, incapables de nous parler dans le tumulte environnant, l'air hébété. L'heure avançait et une centaine de personnes bougeaient dorénavant aux rythmes des *big beats*. Ni le couple se tripotant ouvertement à proximité de nous, sans gêne, ni la bande de touristes hollandais entravant notre vue ne suscita une réponse, et encore moins une opposition, de notre part. Il fallut l'assistance d'une bouteille de champagne pour nous fouetter et nous pousser à nouveau sur le *dancefloor*.

Nous nous agitions, inconscients de nos gestes exacts, saisis par les secousses du bruit. Il nous dictait des mouvements involontaires comme le vent dérange les tubes d'un carillon. Je ne sentais plus la foule. Tout le monde avait disparu de mes perceptions. Seule Laetitia se maintenait là, près de moi, évadée d'une existence qui l'avait trop longtemps déroutée de moi. Son regard séditieux me défiait entre deux déhanchements ondoyants. Tout son être se gorgeait d'une ardeur luxurieuse sous les impulsions sensuelles de son corps. Rien ne lui résisterait au moment où elle déciderait de bondir sur une proie.

Elle prenait sa tête dans ses mains et criait, avec un air de pop star, les quelques paroles, parvenant jusqu'à nos cerveaux racornis, de ces chansons assourdissantes. À force de passer de la sorte ses doigts dans les cheveux, elle hérissa sa tignasse, achevant de lui conférer les attributs d'une amazone. Puis, encouragée par une musique toujours davantage galvanisante, elle courba le dos, caressa ses reins et remonta langoureusement sur sa poitrine, comme si elle se douchait toute habillée. Elle s'attardait sur son sein gauche dont elle malaxait les contours tout en levant l'autre bras avec la mesure. Et elle riait de ce rire inexorable d'ivrogne qui perçait le vacarme.

C'est alors que je ployai, tous les sens brûlants, impossibles à apaiser avant de l'avoir attrapée. Je la conduisis à l'écart, dans un renfoncement intime de la salle. En chemin, je bousculai des épaules, fis déborder des verres dont le contenu s'agrégea aux flaques collantes du sol. Mais rien ne pouvait m'écarter du tracé rectiligne de ma route. Laetitia me courait après en compensant mes longues enjambées par une foulée réduite mais véloce. Sa petite personne semblait bien frêle sur ses talons aiguilles qu'elle faisait cliqueter avec la cadence vive d'un piquoir. Je me retournai dans l'embrasure et la guidai vers moi. Elle s'approcha. Après lui avoir mordillé sans résistance le lobe de l'oreille, elle put entendre :

— Je t'aime.

Son visage mua. Le sourire permanent des individus naufragés dans les soirées alcoolisées disparut. Une expression terrible de sérieux et de grièveté s'afficha sur ses traits marqués par une fatigue précoce. Elle s'arracha de mes bras, établit une distance de sécurité et dit, en mêlant surprise feinte et plaisir calculé :

— Mais… Qu'est-ce qui te prend ? Je suis avec quelqu'un maintenant.

Elle devait trouver dans cette réplique, dans ce sentiment soudain de supériorité, une vengeance de mes actes, subis par mon abondance de lâcheté et d'égoïsme. Autrement, pourquoi ses yeux pétilleraient-ils de malice dans un moment pareil ?

— Ça n'y change rien. Je t'aimerais de la même façon si tu étais encore célibataire.

* * *

Les armes avaient été déposées. Plus rien ne me rendrait Lena. L'accablement avait fini par ronger la volonté. Il me fallait à présent me ré-acclimater à ma propre compagnie en admettant l'irrévocabilité de cette séparation non-prononcée. Je vivais chez moi comme dans une thébaïde, prenant grand peine à réaliser la plus infime action, passant le plus clair de mon temps à buller. Un week-end, excédé tout à coup par cette temporisation perpétuelle, je me persuadai de prendre l'air. Une fine bruine mouillait les silhouettes grisâtres recouvertes de trenchs aux cols relevés. Entre deux averses, le monde remuait en accéléré, allait d'un point à l'autre en se préservant des rafales de vent gorgées de pluie.

Ma promenade m'amena là où tous les hommes en manque d'affection et en déroute sentimentale convergent : à la Fnac. Au détour des rayons, je remplis mon panier avec tout ce qui répondait d'une quelconque façon à mon état d'esprit. S'il était question d'amour, je reposai. Des albums de Slayer pour libérer ma frustration. Des livres de Douglas Adams pour forcer le rire par l'absurde. Un panaché de films du Frat Pack et des frères Farrelly que j'arrêterais avant les derniers tiers, systématiquement trop mielleux. Des jeux-vidéos pour rester reclus chez moi et me garantir une évasion par procuration.

À la caisse, une jolie brune, rieuse dans son gilet difforme porté sur une chemise rayée bleue ciel déboutonnée pour révéler un décolleté prometteur.

— Ça fera dix-neuf euros. Vous avez bénéficié d'une réduction-adhérents de deux euros cinquante.

— Dix-neuf euro ? C'est tout ? lui demandais-je, déconcerté, cherchant à voir quels articles elle avait omis de comptabiliser.

Mais, je n'avais en réalité rien acheté de ce qu'il m'avait semblé prendre dans le magasin. Je me trouvais à la billetterie, guidé ici dans ces mirages inconscients, masquant la réalité, dont j'étais victime, et je venais de régler le prix du ticket pour le concert de Bad Motor Oil à l'Alhambra.

XV

En quatre notes incertaines, flottantes, résonnantes, répétées en 6/4, il embarquait pour un périple introspectif, goûtant au plus près chaque nuance de jeu, chaque teinte sonore, dans un ravissement proche de l'anagogie. L'acoustique chaleureuse du vinyle grésillant enveloppait l'atmosphère tout autant qu'elle berçait son repos. Quand le solo de saxophone hurla, Christos contemplait la plage depuis sa terrasse avec un émerveillement inédit : « Shine on, you crazy diamond ! »

Un petit cortège immobile stationnait comme un lombric au soleil devant l'entrée de la salle lorsque j'arrivai. Des gens au look sinistre distribuaient des tracts promotionnels à la foule vêtue dans toutes les variantes de teintes sombres. Elle grossissait par petites fournées quand, à dix-neuf heures, les portes s'ouvrirent pour déverser la marée noire à l'intérieur d'un café-théâtre réaménagé en salle de spectacle. Trois cent cinquante personnes s'étaient rassemblées ce soir-là, ignorant encore quelques semaines auparavant l'existence du groupe qu'ils soutenaient de leur mieux en achetant T-shirts, casquettes ou même choppes de bières siglés à leur effigie. Quelques adorateurs plus fervents que la majorité du public, encore indécise dans son opinion définitive sur Bad Motor Oil, s'étaient rués au premier rang et acclamaient la bande par des cris hystériques de jeunes vierges, des bonds extatiques et des applaudissements forcenés à s'aplatir les paumes.

Un groupe de première partie, amateur jusque dans ses tenues, m'évoquait les débuts sur scène de Jonathan où tout était déréglé et s'envenimait en crescendo jusqu'à provoquer l'écœurement. Le chanteur ratait ses reprises quand il n'oubliait pas les paroles, les deux guitaristes se désaccordaient au fil des morceaux et tentaient chacun de surpasser l'autre en nombre d'erreurs d'exécution, le batteur ne parvenait jamais à maintenir le tempo tandis que le bassiste penchait le cou en avant et se cachait derrière ses cheveux pour éviter d'être mêlé à tout ça. Leur capacité à dégrader leur image était sans cesse renouvelée.

Je trouvais admirable la tolérance à la médiocrité du public rock, bien supérieure à tous les autres publics. Là où tous les défenseurs d'autres mouvances musicales auraient hué et projeté tout objet – verres en plastique, chaussures, excréments, etc. – en direction des musiciens, il confortait la débâcle, sans démesure et avec une sincérité compatissante, par des encouragements polis identiques à ceux adressés aux adversaires de Roger Federer dans les premiers tours tranquilles des tournois du Grand Chelem. Sans doute savait-il que des approximations et des fausses notes pouvaient éclore une personnalité artistique voire une forme de génie.

Néanmoins, dans le cas présent, l'éclosion paraissait impossible, même après une longue période de maturation. À leur manière, cela devait amuser les membres du groupe puisque les sourires ne quittaient jamais leurs figures. Le volume extrême, dopé par les *booms booms* de la basse, ébranlait le sol et les cages thoraciques. Nous vibrions au son de leur musique, mais uniquement pour des raisons physiques... Un frisson de soulagement s'empara de la salle lorsque le quintette acheva sa débandade tapageuse et que les lumières tamisées se remirent à distiller leurs couleurs suaves sur les visages endoloris des spectateurs.

Des couples s'enlaçaient çà et là. Ils s'échangeaient un peu de tendresse et se muraient dans le silence, les yeux à demi fermés, comme des retrouvailles après une catastrophe naturelle ou un drame familial. Ceux qui n'étaient pas en couple parlaient à leurs amis avec des gestes excessifs et des rires gueulards. Ils singeaient la performance désastreuse du groupe qui, maintenant, rangeait lui-même son matériel pour faire place à la tête d'affiche.

Comme durant sa prestation, il semblait trouver dans cette seconde venue sur scène une circonstance heureuse. Le bonheur absurde des amateurs à qui la chance a souri mais à qui la réalité a rendu son terrible jugement.

Immergé dans le parterre de fans, je décomposai leurs visages. La curiosité empressée des habitués espérant faire partie d'une révélation musicale se lisait partout. Les *rock critics* s'étaient ralliés en meute au fond de l'Alhambra, appuyés contre le mur avec leurs blousons en cuir fripé et plongés, par leurs lunettes de soleil qu'ils refusaient de quitter, dans un monde plus noir que noir. Ils recréaient à leur manière la pochette du premier album des Ramones. Je réalisai alors que j'étais parmi les seuls présents à ne pas être venu accompagné. Seul dans ma solitude. Seul dans l'agitation surpeuplée d'une salle de concert où les files menant aux toilettes croisaient dans l'anarchie celles allant au bar.

Deux semaines s'était écoulées depuis ma rencontre avec Theodora. Je n'allais pas spécialement mieux mais au moins mon travail ne pâtissait plus de mes sauts de concentration. Je retrouvais même un certain intérêt chez Advencia au contact des collègues et des clients. Dans quelques jours, je pourrais même de nouveau asticoter Olivier comme si je n'avais jamais arrêté. Mon patron n'avait plus eu à me faire le moindre reproche ce qui, au fond de lui, devait le soulager tant il manquait d'aisance pour formaliser des blâmes aux membres de ses équipes.

Mais lorsque je quittais le bureau, c'était comme si mes progrès s'effaçaient dans un schisme entre vies privée et professionnelle. Dès que je me retrouvais seul, automatiquement, je repensais à Lena, à cette nécessité de l'avoir près de moi. Si elle avait été là, nous aurions tourné en ridicule le groupe de première partie. Nous aurions ri en complices du spectacle atroce. Etre bien en couple, c'est parvenir à aimer des situations qu'une personne seule n'aurait jamais pu supporter. Voilà pourquoi il y avait tant de couples heureux dans les salles de concert, stables dans leur jubilation même dans les pires moments qu'ils s'infligeaient de manière consentante.

Une musique d'ambiance essayait d'exister au-dessus du magma bourdonnant d'innombrables conversations. Des gobelets de bière, des verres en plastique de soda tombaient par terre. Ils séchaient sur le sol avec les tracts récupérés à l'entrée annonçant les concerts à venir, des miettes de sandwich et autres résidus ou détritus. Le tout fusionnait petit à petit dans une même masse instable. Elle collait aux pieds lorsqu'on marchait dessus, surtout s'il y avait, conglomérant le tout, des bouts de chewing-gums crachés.

Des techniciens allaient et venaient sur scène. L'un d'eux passait d'un instrument à l'autre pour contrôler le rendu sonore et ainsi éviter les réglages hâtifs à effectuer durant l'entame du concert. Cinq accords à la guitare auxquels répondaient les bras levés de la foule dans cet avant-goût des choses à venir. Quelques coups secs de caisse claire où le brouhaha se désorganisait sous le coup de l'impatience. Puis, en restant impassible, complètement étranger aux centaines d'yeux rivés sur lui, l'homme s'arrêta, leva la tête en direction de la console où son collègue officiait et, ayant reçu son ok, remit tout en place avant de s'effacer dans les coulisses.

Tout se tint alors immobile. Les guitares et la basse parfaitement glissées à la verticale dans leurs supports renforcés par des membranes en mousse, les micros ainsi que les percussions, droits comme des statues sur leurs pieds. La batterie, massive au centre, et un clavier, placé au fond à gauche, apportaient de l'horizontalité à cette nature morte contemplée anxieusement. Quelques essais de lumière prolongèrent encore l'attente. Ils ne magnifièrent de leurs spots bleus, rouges, verts ou blancs que les grains de poussière retombant sur la scène après avoir été dérangés par l'installation du matériel.

Quelques individus esseulés manifestaient leur empressement en éructant des borborygmes du plus profond de leur gorge. Un homme suivi de deux filles plus jeunes se tenant par la main me bousculèrent sur ma droite. Aussitôt, à gauche, trois autres s'engouffrèrent. Tout le monde voulait se replacer au plus près des planches. Le moindre espace entre deux personnes était immédiatement exploité par quelqu'un venu de l'arrière dans les mêmes mouvements de régulation chaotique régissant les montées et les descentes des métros parisiens aux heures de pointe. Depuis le bar, ceux qui avaient été envoyés chercher des pressions pour tous leurs amis revenaient en tenant trois, quatre voire cinq pintes dans l'équilibre incertain de leurs mains. Ils versèrent des gouttes de bière en se tortillant pour retrouver leurs groupes d'origine, déchaînant au passage l'énervement de ceux dont les chaussures étaient ainsi éclaboussées.

Alors, par une coupe soudaine, la musique enregistrée s'arrêta, toutes les lumières s'éteignirent tandis que, d'un seul souffle, la salle s'époumona à beugler sa véhémence. Un à un, les membres de Bad Motor Oil arrivèrent. D'abord les trois percussionnistes s'installèrent à leur place. Ils commencèrent à taper au hasard sur leurs sélections exclusives de membranophones et idiophones. Puis le batteur et le bassiste les rejoignirent pour établir un rythme cadré derrière cette improvisation. Le public, déjà, était capté, se questionnant sur ce qui se tramait. Le claviériste, ensuite, se posta derrière son synthétiseur et fit infuser des nappes planantes proches d'un orgue Hammond. Le son se construisait, étape par étape, devant nous, la dissonance cabalistique des percussions se fondant dans un ensemble plus accessible.

Ils restèrent ainsi quelques instants à exploiter une même boucle. Chacune des répétitions, jouée plus fort que la précédente, faisait monter l'intensité ainsi que le suspense. Eclairés par derrière, ils formaient des gabarits menaçants, quasi immobiles à l'exception du batteur pivotant sur lui-même à chaque roulement de tambours. Puis, dans un même déplacement latéral, les deux guitaristes et le violoniste électrique se bombardèrent sur scène pour lacérer d'un riff oléagineux les tympans de l'assistance. Après cinq minutes d'une intro progressive, on reconnaissait l'entame de « Light It Up To Burn It Down ». Jonathan attendit le début de sa partie de chant pour nous gratifier de sa présence, acclamée par un surcroit de rugissements et de cris.

Sa voix de rogomme, alcoolisée au scotch, écrasait de puissance l'accompagnement. Il expulsait d'un trait une hargne qu'on aurait crue accumulée depuis des années de réclusion. On sentait l'odeur des fûts de chêne dans lesquels avaient vieilli ses whiskys. Désordonné et vacillant, comme un clochard ivre, il vadrouillait sur son espace restreint en stimulant les fans par des gestes obscènes dès qu'il lâchait le micro. Il prenait la pose, le pied solidement enraciné sur le haut-parleur de ses retours. Le flot de spectateurs se braquait vers lui, au centre de la scène, ce qui divisait, en son milieu, la salle en deux parties symétriques. Toute sa vie avait convergé vers cet instant. Il goûtait sa joie, se remémorant les sacrifices consentis, puis il repartait, braillard et indomptable, vers la suite tel un animal halluciné lancé à la poursuite de ses idées.

Ils enchaînèrent plusieurs morceaux dans des versions si différentes de celles avec lesquelles j'étais familier que je peinais à les reconnaître. Là où je n'avais jamais entendu que des approximations insipides au service de compositions rebattues, il exhalait de cette interprétation une poussée sensationnelle d'habileté. Les dix évoluaient en complète fraternité, chacun servant les autres pour les faire briller dans de copieux soli à la manière de musiciens de jazz. Ils se ménageaient de longues plages de jams sans pour autant déstructurer leurs chansons et, en évitant le moindre faux pas, ils retombaient sur le riff de départ. La parenthèse se refermait alors et l'orgie bruitiste se réenclenchait dans une élévation synchronisée rappelant ainsi la télépathie musicale de Led Zeppelin ou Deep Purple.

Au milieu du concert, Bad Motor Oil marqua une pause. Ils se ravitaillèrent en bières avant de lancer des cannettes ouvertes en direction du public. On les rattrapait au vol et le liquide mousseux giclait par gerbes. Jonathan s'avança vers le micro. Pour la première fois de la soirée, il s'adressa ouvertement à la foule, le timbre tremblant et heurté à cause des efforts déployés jusque-là :

— Merci à tous d'être là ce soir, ça nous fait vraiment super plaisir de vous voir si nombreux ! Je parlais à un journaliste cet après-midi… Il me demandait si le rock était mort en France… Je crois que vous êtes la preuve vivante que non ! Alors montrez-moi que j'ai eu raison et faites du bruit, allez ! Allez ! Allez !

Se levant tel un seul homme, tout l'auditoire lui répondit à s'en éteindre la voix. Les mains s'entrechoquaient au-dessus des têtes en suivant le tempo imposé par Jonathan. Une discipline quasi militaire se dégageait de ces rangs formés de clones, exaltés par la générosité de la performance. Après un temps de latence dû à l'observation de ce phénomène de caméléonisme avec lequel je n'avais jamais été à l'aise, je me surpris aussi à m'emporter dans ce déferlement universel. Mon ami recueillait, les yeux fermés, voguant proche de la volupté, toute cette énergie phonique qui gonflait son âme d'euphorie. Il était dans une de ces heures où l'esprit s'excite et éperonne l'activité de ses sensations. Moi aussi, par un curieux ricochet entre lui et moi. L'adoration unanime m'avait fait basculer dans un état autre, loin de la stagnation ankylosée. Au cours du spectacle, j'oubliai peu à peu le fardeau de mon affliction comme sous les attouchements magiques d'un guérisseur qui ôterait naturellement une maladie incurable.

Leur musique frétillait en moi. Leurs arpèges opaques, leurs claviers psychédéliques, leur charivari de percussions, leur dextérité dans la section rythmique : tout apparaissait comme mirifique. Depuis leurs débuts, j'avais présupposé leur manque de talent et n'avais jamais revu mon appréciation. Tout ici frôlait la perfection. Chaque note tombait juste. Chaque note se répercutait en moi et m'affectait. Elles engendraient des remous d'émotion incontrôlables et remplaçaient les sentiments pernicieux qui dominaient mon être par une beauté vierge nourrie d'admiration. J'éprouvai une fierté incommensurable de connaître Jonathan tant mon bonheur paraissait être partagé par l'ensemble des fans. Si distraite auparavant, toute la foule, à présent, célébrait la consécration, apothéosait l'artiste barbu, chef d'orchestre d'une bande de sauvageons immensément douée.

Ils déroulèrent leur concert, tous parcourus de tressaillements subreptices à l'amorce des nouveaux mouvements de leurs exténuantes chansons à tiroirs. A la suite d'une accalmie passagère ponctuant une des innombrables improvisations, je discernai une mélodie familière. Je n'en étais tout d'abord pas certain car le groupe l'avait changée, allongée, malaxée. Il l'avait modifiée en lui rajoutant du violon et en appuyant davantage sur la guitare. Mais sa nature était encore là ; au moment où je réalisai que Bad Motor Oil reprenait « Ballad Of Sir Frankie Crisp (Let It Roll) », le piano entrait en scène. Jonathan ressemblait singulièrement à George Harrison dans son jardin de Friar Park sur la pochette de « All Things Must Pass ». Sa voix, bien plus granuleuse, n'avait rien de celle de l'ex-Beatles mais l'effet de la chanson demeurait. Comme des centaines de fois au cours ma vie, elle avait livré son jugement. Ici, elle accélérait ma délivrance. Je fixais un des percussionnistes avec son tambourin en songeant aux histoires du fantôme de Sir Frank Crisp. Ce dernier détail paracheva mon enchantement.

La musique, cette affirmation hésitante entre bruit et silence, avait vaincu, foudroyé le mal lancinant, guéri les meurtrissures des coups, ressourcé l'âme pour me la rendre nouvelle, blanche et inaltérée.

Et, devant moi, Bad Motor Oil poursuivait son effort en revenant à son propre répertoire. Le grattement effréné des médiators, les chocs lourds sur les toms, les staccatos coléreux du violon, les vociférations érodées du chant, tout cela continuait, sans faiblir, emporté par l'osmose régentant les dix. Dans une fougue irrépressible, un enlèvement contagieux, tout communiait dans ces moments de félicité où la conscience collective est issue d'une même intention. De toutes parts, le public s'allongeait, attiré par le besoin de toucher ceux qui menaient le spectacle, travaillé par la faim de chaleur et de lumière, dans le miroitement adroit de leur partition.

Dehors, la nuit d'octobre était anormalement fraîche et épaisse, embuée d'un brouillard asphyxiant qui collait aux bronches. Peu après vingt-trois heures, les quelques passants de la rue Yves Toudic virent débarquer un grouillement sporadique d'où montaient des paroles triomphales rompant le silence ouaté. En son milieu, un homme, régénéré, illuminait de l'intérieur la brume nocturne, échauffait de sa marche la froideur des trottoirs et, comme des jets d'eau de source sur le point de sourdre de sous les glaciers, se lançait éperdument à l'assaut du lendemain.

« La femme change et ne change pas. Elle est inconstante et fidèle. Elle va muant sans cesse dans le clair-obscur de la grâce. Celle que tu aimas ce matin n'est pas la femme du soir. »

Jules Michelet

Remerciements

À mes premiers lecteurs qui ont, semble-t-il, ressenti l'enthousiasme de mon écriture : Maryse, Christian, Chloé, Annie, Marion et Mörk Mörk. Merci pour votre patience, votre indulgence et votre implication.

À Gilles pour ses envies de dire mais surtout ses envies d'agir. *Ton cadre photo cadrait vraiment bien avec cette photo.*

À Mélanie pour ses conseils professionnels et ses encouragements bénévoles.

À Léa pour son interaction stoïque avec un être en plastique.

Aux auteurs des disques dont le rythme et l'ambiance m'ont fourni le fond sonore propice à la lente décantation des idées.

Contact

www.nicolasdidierbarriac.com
www.facebook.com/nicolasdidierbarriac
Twitter : @rougonmacquart

ISBN : 978-2-9544734-1-3